<인도네시아 기행: 조그자와 발리>

신(神)들의 나라

송근원

<인도네시아 기행: 조그자와 발리>

신(神)들의 나라

발 행 | 2023년 2월 2일

저 자 | 송근원

펴낸이 | 한건희

펴낸곳 | 주식회사 부크크

출판사등록 | 2014.07.15.(제2014-16호)

주 소 | 서울특별시 금천구 가산디지털 1로 119 SK트윈타워 A동 305호

전 화 | 1670-8316

이메일 | info@bookk.co.kr

ISBN | 979-11-410-1385-1

www.bookk.co.kr

머리말

인도네시아를 처음 방문한 것은 지금부터 약 20여 년 전이니 무척 오래된 옛날이다.

자카르타에서 세미나가 있어 갔다가. 조그자카르타로 반둥으로, 그리고 다시 발리로, 싱가포르와 말레이시아로 다녀 온 것이 까마득하다.

이들 가운데 가장 기억에 남은 곳이 조그자카르타와 발리이다.

첫 여행의 추억이 얼마나 좋았든지, 언젠가는 조그자카르타와 발리를 다시 한 번 방문해 보고 싶다는 생각을 늘 가지고 있었다.

그러던 차에 2011년 조그자카르타에서 0000학회 국제학술대회가 열리는 바람에 다시 한 번 조그자카르타와 발리를 방문하게 되었다.

조그자카르타는 인도네시아 사람들이 애칭으로 조그자로 부르는데, 우리나라의 경주와 같은 곳이다. 고대 인도네시아의 문화와 문명이 번성했던 곳이라서 문화 유적들이 많이 남아 있는 곳이다.

그 가운데 어마어마한 피라미드라 할 수 있는 보로부드르 사원과 석양의 프람바난 사원의 모습은 아직도 뇌리에 생생하여 잊을 수가 없었는데, 마침 이곳에서 학술대회를 한다니 이 얼마나 감사할 일인가!

학술대회가 끝난 후, 조그자 관광이 이루어지고, 그리고 발리로 장소를 옮겼다.

발리는 신(神)들의 나라로 알려져 있는 바와 같이 집집마다 개인 사원이 있고, 마을마다 마을 사원이 있는 곳이다. 인도네시아 사람들은 대부분 이슬람교를 믿지만. 이곳 발리만은 대부분 힌두교, 발리식 힌두교를 믿는다.

발리는 볼 만한 곳이 많다. 곳곳에 산재한 힌두사원은 물론, 이들의 특산물인 목공예, 바틱 등도 유명하고, 민속공연이나 바닷가 해수욕장이나 발리 섬 한 가운데 있는 호수 속의 화산도 볼 만하다.

20년 전 발리에서는 바닷가의 어떤 큰 호텔에 머물렀었는데, 머문 곳이 독채로 된 방갈로였고 호텔 본체에서는 5~600미터 떨어진 곳으로 기억한다.

방 안 천정에 붙어 있는 도마뱀을 보고 놀란 일이며, 아침 식사를 하러 식당으로 갈 때 상큼한 아침 공기 속에서 주변의 열대 꽃들을 완상하며 천천히 걷던 일이며, 처음으로 물안경을 끼고 바다 속에 고기들을 구경하던 일이며, 이들이 모두 달콤한 추억으로 다가온다.

그냥 그곳에 계속 머물고 싶었던 기억들이다.

이러한 낭만이 다시 한 번 이곳을 방문하고 싶었던 이유인데, 이번 여행에서는 세월이 세월인지라 엄청 많이도 바뀌었다.

우선 많아진 것들이 차들이고, 길거리이다.

그리고 바쁜 일정 때문이기도 하지만 동료 교수들과 함께한 여행사에 의뢰한 단체 여행이었기에 옛 추억을 찾아 돌아다니지는 못하였다.

그렇지만, 그런대로 옛 기억의 단편을 떠올리기에는 충분하였다.

20여 년 전 여행은 글로 남기지 못하여, 머릿속 한 편에서만 좋은 추억으로 남겨 있어 너무 아쉬웠으니, 이번에는 글과 사진으로 남겨 놓으려 한다.

쓴 이 개인의 취향일지는 모르겠으나, 두 번이나 다녀왔지만 조그자와 발리의 낭만은 아직도 너무나 기억에 남는다.

여행을 좋아하시는 분들에게 꼭 조그자와 발리를 다녀오시라고 권하고 싶다.

변변치 못한 이 글이 조그자와 발리를 방문하시는 분들에게 조금이라도 도움이 되었으면 한다.

2011년 9월 처음 쓰고

2019년 2월 전자출판으로 펴내고

2023년 2월 칼라판으로 펴내다.

솔뜰

차례

인천 공항(2011.7.5)

가루다 비행기

조그자카르타(2011.7.6.)-7.7

플라오산 사원

보로부두르: 치우 천왕의 얼굴

발리(2011.7.8.-7.9)

난꽃

벤조르

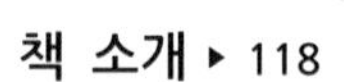

1. 코레일(KORAIL)은 반성하라! 반성하라!

2011년 7월 5일(화)

인도네시아 조그자카르타(Yogyakarta)에서 학회 세미나가 있어 오늘 인천공항으로 가 아침 11시 15분 발 발리(Bali) 행 비행기를 타야 한다.

4시 20분에 일어나 짐을 들고 집을 나선 것은 5시 20분. 부산 역에서 6시 KTX를 타야 한다.

울산을 경유하여 서울로 가는 KTX는 처음이다. 집에서 전철로 구포로 가 늘 구포에서 KTX를 탔기 때문이다.

이번에도 6시 19분 구포 발 KTX 표를 끊어 놓았지만, 아무래도 안심이 안 되어 6시 부산 발표로 바꾼 것이다. 8시 39분에 서울에 도착하고, 10시에 인천 공항으로 직행하는 공항철도의 표를 끊어 놓았기 때문이다.

울산과 경주를 경유하는 KTX가 더 비싸다. 서울 가는 목적은 같은데, 열차가 돌아가는 바람에 차표 값이 그 거리만큼 더 비싼 것이다.

이것도 한 번 생각해 볼 일이다.

코레일(KORAIL)에서야 거리를 토대로 표값을 계산한 것이겠으나, 동대구나 대전, 또는 서울로 가는 부산 승객의 입장에서는 왠지 바가지 쓰는 느낌이다.

좀 더 승객 입장에서 생각해야 하지 않을까? 어차피 부산에서 동대구나 대전 또는 서울로 가는 것인데…….

울산 손님이나 경주 손님을 모시고 가니까 코레일으로서는 그만큼 이익을 보는 것이련만, 코레일만 이익을 보면서 부산 손님에게는 애매하게 운임을 더 내게 만드는 것이다.

부산 승객은 돌아가느라고 오히려 시간이 더 걸리는데…….

만약 시간을 토대로 돈을 더 받는다면 이해할 수 있다. 완행과 급행 요금이 다른 것처럼.

그런데 왜 KTX는 거리를 토대로 운임을 산정하는가? 결국 부산 승객만 봉이 되어야 하는 것인가?

"코레일은 반성하라! 반성하라! 부산 시민이 봉이가?" 데모라도 해야 할 일이다.

듣던 대로 열차는 기나 긴 굴속을 통과하여 울산 역에 선다.

어찌되었든 서울 역에 도착하는데 정확하게 8시 46분이다. 7분 연착이다.

9시 공항철도 표를 끊었으니 빨리 공항철도로 갈아타야 한다.

인터넷으로 표를 끊을 때에는 서울역에서 내리면 지하를 통해 바로 공항철도로 연결된다는데 둘러봐야 지하로 가는 계단도 엘리베이터도 없다.

지나는 사람에게 물어보니 계단을 올라가 철길 건너편 공항철도라고 쓰인 곳으로 다시 내려가야 한단다.

나중에 공항철도 승무원에게 물어보니 아직 직접 연결이 안 되어 있다고 한다.

길을 오르고 내리고 하면서 에스컬레이터를 타고 가는데, 안내판조차도 전혀 친절하지 않다.

마침 에스컬레이터가 서는데, 공항철도 직통열차 개찰구 표시가 보인다.

공항철도 서울역-인천공항 직통열차

잘못하면 계속 엘리베이터를 타고 내려가 일반 열차를 탈 뻔했다.

인터넷으로 끊은 표로 개찰구를 들어가려니 문이 안 열린다.

표 파는 곳에 가서 물어보니 카드를 하나 내 준다. 참 불편하게도 해 놓았다.

부지런히 개찰구를 통과하여 다시 엘리베이터를 타고 하강하여 지하 7층이던가 하는 곳에서 직행열차를 탄다.

유니폼을 입은 예쁜 아가씨들이 친절하게 안내를 해준다. 소변이 마려워 화장실을 물어보니 열차 안에 화장실이 없다고 한다.

밖에 나가 일을 보아야 하는데, 10시 가까이 되어 이 기차를 놓치면 30분을 더 기다려야 하니 그럴 수는 없다.

이 열차를 놓칠까봐 서울 역에서 화장실을 외면한 채 부리나케 여기

공항철도 서울역-인천공항 일반열차

까지 왔는데…….

할 수 없다, 참는 수밖에. 허긴 지금까지도 참았는데, 앞으로 45분 정도야…….

그리고는 결심한다. 이 다음부터는 절대 미리 차표를 사놓지 않으리라.

열차로 안내해준 아가씨에게 이 열차 말고 인천공항 가는 일반열차도 있느냐니까 그렇다 한다.

일반열차는 김포공항 등 몇 군데를 섰다 간다. 지금 이 열차는 직통이고.

인천공항 가는 데 얼마냐고 물어보니 일반열차는 3,700원이라든가, 어쨌든 4,000원이 안 넘는다. 시간은 54분 걸린다던가. 역시 1시간이 안 넘는다.

직통열차는 13,300원 주고 끊었으니 약 만 원 가량 더 비싼 것이다. 시간은 45분 걸리니 일반 열차보다 약 10여 분 빠른 것이다.

10여분 빠른 대가로 만 원을 더 지불해야 하다니…….

어쩐지 손님은 나 말고 젊은 여자들 셋뿐이다. 좌석은 텅텅 비어 있다.

이럴 줄 알았으면 일반 열차를 탈 걸. 후회막급이다.

이들 여자분들도 모두 속았다고 분개하고 후회하는 눈치다.

허긴 인천공항 가는 일반열차가 있다는 건 여기서 처음 알았으니까 어쩔 수 없지만, 다음부터는 절대 직통열차 안 탄다고 굳게 결심한다.

이는 코레일에서 무언가 운영을 잘못하고 있는 것이다.

속는 사람이나 직통을 타지 10여 분 상관에, 더구나 일반열차처럼 자주 있는 것도 아닌 직통열차를 왜 타나?

그렇다고 화장실이 있는 것도 아닌데.

2. 내 사전에 후회는 없다.

2011년 7월 5일(화)

인천공항에 도착하니 9시 45분이다.

그 동안 참느라고 혼났다. 부지런히 화장실부터 찾은 후, 약속 장소인 3층 E 앞에서 여행사 직원을 만났다.

다른 이들은 벌써 다 수속을 마치고 공항 안으로 들어간 모양이다.

바로 짐을 부치고 공항 안으로 들어가니 10시 10분. 아직도 한 시간이나 남았다.

평소 준비를 철저히 하는 편인데도 가만히 생각하니 소주가 빠졌다.

밥 먹을 때 한 잔씩 반주를 해야만 속이 편할 텐데…….

인천 공항 가루다 비행기

나이가 들면 몸의 기능이 저하되는데 침샘의 기능 역시 마찬가지이다. 옛날에는 왜 어른들이 식사할 때 국이 있어야 하는지? 왜 진밥을 좋아하시는지를 몰랐다.

스스로 늙어보니 침의 분비가 줄어든다.

그러니 된밥이 잘 넘어가겠는가? 잘못하면 체하기 십상이다. 이런 때 소주가 필요한 것이다.

내가 애주가라서 그런 게 아니라, 이때 소주가 제 구실을 하는 것이다.

그렇지만 내 사전에 후회는 없다. 면세점에 가서 사면 된다.

술을 사되, 식당에서 밥 먹을 때 눈치가 보이니 큰 술병은 안 되고 팩으로 된 것이 적절하다.

팩으로 된 소주를 찾으니 여닫이 속에서 꺼내준다.

11시 15분 가루다를 타고 드디어 하늘을 날아오른다.

발리 도착이 오후 7시, 그쪽 시간으로는 오후 5시이다.

발리에 도착하여 25달러 비자 피를 내고 인도네시아 국내선으로 갈아탄다.

조그자카르타--인도네시아에선 조그자라 부른다--가는 비행기는 이곳 시간으로 오후 7시 15분에 있다.

조그자에는 7시 25분 도착했다.

한 시간 시차 때문에 7시 15분에 떠서 7시 25분에 도착한 것이다.

그리고는 식당에 도착한 것이 현지 시간 8시이다.

한국 시간으로는 저녁 10시인 것이다.

아침 비행기에 올라 1시쯤 점심을 한 끼 먹고 이제 밤 10시가 되어서야 저녁을 먹는 셈이다.

내가 셈을 잘 해서가 아니라, 가지고 간 스마트폰이 영리해서 현지 시간과 한국 시간을 저절로 알아 표시해 주는 덕분이다.

그놈 참 스마트하긴 스마트하다!

사 가지고 간 소주 박스를 뜯어보니 플라스틱 병에 소주가 세 병 들어 있다.

식사 때마다 먹으려고 샀으나, 우리 식탁에만 9명이 앉아 있는데, 혼자만 마실 수는 없잖은가! 이리 권하고 저리 권하다 보니 소주 세 병은 금방 동났다.

사양하는 사람은 아무도 없다.

속으론 사양했으면 했는데……. ㅎㅎ!

쉐라톤 호텔 정원

2. 내 사전에 후회는 없다.

허긴 얼마 되지 않으니……. 이럴 줄 알았으면 더 사오는 건데……. 괜히 감질나게만 만들어 놓은 것 같다.

다행히 총무이사 말이 학회에서 소주를 한 박스 사왔단다.

휴, 그나마 다행이다.

이곳 시간으로 9시가 넘어서 쉐라톤 호텔 307호실에 P 교수와 함께 짐을 푼다. 그리고 샤워 한 후 바로 잠이 든다.

결국 하루 종일 온 것이다. 정말 멀고 먼 여정이다.

3. 세미나도 관광 후

2011년 7월 6일(수요일)

새벽 4시, 이슬람 사원에서 기도하는 소리가 울려 퍼진다.

이곳이 이슬람 국가라는 사실을 일깨워준다.

5시에 일어나 바깥을 내다보니 1층에 야자나무 등 숲속에 야외 수영장이 있고, 저 멀리 메라피(Merapi) 화산이 연기를 내뿜고 있는 것이 보인다.

해는 막 떠오르고 있고. 참고로 이 호텔은 로비가 7층에 있다.

6시에 식사를 하러 간다.

간 김에 식당 옆 비즈니스 센터에서 인터넷으로 메일을 체크한다.

쉐라톤 호텔 수영장과 메라피 화산

쉐라톤 호텔 수영장

매일 메일 체크하는 것이 이제는 일상이 되어버렸다.

남들은 좋은 습관이라 하나, 이것이 과연 문명의 이기가 우리에게 주는 혜택일까?

글쎄, 고개가 갸우뚱해진다.

우리가 너무나 기계에 종속되는 것은 아닌가?

인터넷에서 해방되어 유유자적하는 게, 더 인간적이 아닐까? 이런 생각에 인터넷에서 벗어나 1층으로 내려간다.

야외 수영장을 한 바퀴 돌며 산책하면서 혹시? 했으나, 결과는 역시였다. 비키니는 안 보이고, 조그만 꼬마들만 첨부덩거릴 뿐이었다.

8시 반 로비에서 프람바난 사원(Candi Prambanan)으로 출발한다.

조그자와 발리는 지금부터 12년 전 집사람과 한 번 여행을 한 적이

힌두교 사원인 프람바난 사원

있다.

그 이후, 여행을 많이 해보았으나 섬 중에는 발리가 가장 기억에 남는다.

낭만적이고, 볼거리도 많고. 바가지를 씌워도 밉지 않은 순박한 주민들의 모습이며, 호텔의 움막집에서 일어나 식당으로 가는 동안 반겨주던 너무너무 이쁜 열대지방의 화려한 꽃들이며, 방 안 벽면에서 부지런히 도망가던 도마뱀이며 등등…….

조그자 역시 추억에 남아 있다.

황혼을 배경으로 프람바난 사원의 절들이 겹겹으로 착착 바뀌던 광경하며, 보로부두르(Borobudur) 사원의 벽면 조각들하며…….

그 당시에는 자카르타에서 열린 세계 선교사들 세미나에 P 선교사를 따라 따라왔던 것인데, 자카르타에 와 보니 무덥덥하고 온갖 공해에 숨이 막힐 지경이었다.

선교세미나가 열린 곳은 자카르타 교외라 조금 나왔지만, 하루 종일 기도하고 설교하고 찬송하고 그렇게 일주일을 반복하는 것이기에, 신심이 거의 없는 나로서는 그곳을 탈출할 수밖에 없었던 것이다.

이를 예상하고 출발하기 전에 P 선교사에게는 친구를 만나야 하니까 세미나에 계속 있을 수 없다고 미리 말을 해 놓은 것이다.

첫날 하루가 지나 어둑어둑해질 무렵 총알택시를 수배하여 집사람과 함께 밤새 조그자로 달려 온 것이다.

일단 인포메이션 센터에 가서 호텔을 알아보고 예약을 한 후, 택시를 대절해서 보로부두르와 프람바난 사원을 구경하며 감탄한 기억이 난다.

이번 여행에 집사람이 동행하지 않은 것도 한 번 와 본 데다가 지역아동센터를 맡아 하는 일이 있어 자리를 비울 수 없었기 때문이다.

이번 국제학술대회는 이곳 가자마다 대학(Gadjah Mada University)과 서울행정학회에서 주최하는 것으로서 세미나 일정은 내일로 잡혀 있다.

발표할 원고는 준비되어 있지만, 그래도 영어가 외국말인지라 좀 읽어보아야 할 거다.

그러나 그것은 일단 뒤로 미루고 어쨌든 오늘은 조그자의 유적들 관광이다.

왜냐면, 내일은 내일이고, 오늘은 오늘이기 때문이다.

내일이야 어찌될깝세 오늘 하고 싶은 일에 충실하자. 그래야 후회가 없다!

우린 이런 말들을 참 좋아한다.

그리고 “지금 이 순간이 가장 아름다운 순간이다.”라는 말도 좋아한다.

그래서 늘 생활의 모토로 삼고, 열심히 지킨다.

그러니 우리에겐 ‘금강산도 식후경’이란 말은 이제 ‘세미나도 관광 후’란 말로 바뀌어야 할 것이다.

4. 불교 사원과 힌두 사원의 공존

2011년 7월 6일(수요일)

조그자는 자바 문화의 발상지이다.

조그자는 여기 사람들이 조그자카르타를 줄여서 부르는 말인데, 작은 자카르타라는 뜻이다. 조그자의 '조그'는 우리말의 '작다'의 줄기 '작'과 같은 말이다.

인도네시아에 전해진 힌두교와 불교문화가 7-10세기 동안 꽃 피던 곳으로서 유적이 많다. 우리나라의 경주와 같은 곳이라 할까.

9시쯤 프람바난(Prambanan) 사원에 도착한다.

조그자 시내에서 동쪽으로 약 17km 떨어진 곳이 프람바난인데 8-9

프람바난 사원과 메라피 화산

불교 사원인 세우 사원

세기에 세운 불교 사원과 힌두교 사원이 함께 남아 있다.

이 중 가장 유명한 것이 힌두 사원인 프람바난 사원이고, 그곳에서 조금 떨어진 곳에 불교 사원인 플라오산 사원(Candi Plaosan)과 힌두 사원인 칼라산 사원(Candi Kalasan), 세우 사원(Candi Sewu) 등이 있다.

샤일랜드라(Syailandra) 왕조 때 세운 것이라는데, 같은 시기에 같은 지역에 두 종교의 사원이 같이 세워진 것은 세계적으로도 드물다 한다.

그 이유는 732년 오팍(Opak) 강과 프로고(Progo) 강 사이의 비옥한 토지 위에 고대 자바에서 제일 큰 힌두 왕국인 마타람 왕국이 출현하였는데, 이를 다스린 사람은 산자야(Sanjaya) 왕이었다.

그러나 750년에 불교 왕국인 샤일랜드라(Syailandra) 왕조가 산자야를 축출하고 이곳을 차지하였다.

4. 불교 사원과 힌두 사원의 공존

산자야의 가족들은 마타람 왕국의 변방인 고원지대로 추방당했으며, 역사는 흘러 1세기가 지난 후, 산자야 왕의 후손인 라카이 피카탄(Rakai Pikatan)이 샤일랜드라 왕족의 공주와 결혼하여 왕권을 손에 쥐게 되었고, 그가 지배하는 동안에 힌두교의 영향이 다시 확대되었으며 수많은 힌두 사원이 건립되었는데 그 가운데 하나가 프람바난 사원이다.

라카이 피카탄은 856년에 산자야 왕조의 권력 회복을 기념하여 일단의 사원들을 축조하기 시작하였지만, 다시 1세기 후에는 자바의 동쪽으로 국민들을 데리고 이주하였다.

아마도 메라피 화산 때문에 이주한 것이 아닌가 생각한다.

그 이후 프람바난은 방치되었다가 16세기에 발생한 가공할 지진에 의해 대부분이 붕괴되었으며, 이후 1930년에 가서야 사원의 복구가 이루어져 오늘날 모습을 갖추게 되었다.

그러나 현재 볼 수 있는 신전 이외의 많은 신전들은 아직도 무더기로 방치된 채 남아 있다.

이것이 프람바난 사원에서 얻은 팸플릿에 나타난 이유이다.

다른 한편으로 혹자는 이곳 사원들이 모두 불꽃 모양을 하고 있는 것으로 미루어 볼 때, 이들의 건립이 메라피(Merapi) 화산 화산의 피해를 줄이고자 세운 것이라고 추정하기도 한다.

예컨대, 보로부두르 사원이 세워진지 약 50여년 후에 프람바난 사원이 세워졌다는데, 이는 보로부두르 사원을 세웠으나 곧이어 메라피 화산이 폭발하여 화산재에 덮이자 다시 프람바난 사원을 지은 것으로 추정하는 것이다.

5. 전설이 깃든 프람바난 사원

2011년 7월 6일(수요일)

힌두 사원인 프람바난 사원에서 가장 큰 신전은 시바(Siva) 신을 모신 사당으로 그 높이가 43미터로서 동남아 최대 규모의 힌두교 신전이라 한다.

이 사당을 중심으로 8개의 큰 신전들이 있고, 그 둘레에는 세 겹으로 된 외벽에 156개의 조그만 신전들이 세워져 있었다는데 지금은 무너져 내린 채로 있다.

무너진 돌들을 보니 오목볼록 짜 맞추어 지진에 대비한 흔적이 있다.

이 모든 신전들이 그대로 서 있다면 그야말로 장관일 것이다.

신전의 잔해: 오목볼록 짜맞추기 흔적

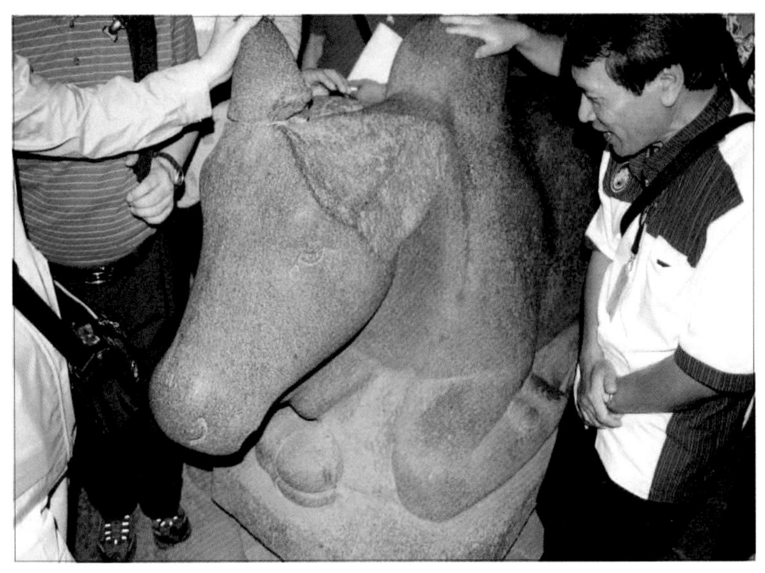

시바 신의 자가용 난디

8개의 큰 신전 가운데 시바 사당의 좌우에 브라흐마(Brahma) 신전과 비슈누(Vishnu) 신전이 서로 마주 보는 모양으로 서 있다.

브라흐마 신은 창조의 신이고, 비슈누는 유지의 신이며, 시바는 파괴의 신이지만, 이들은 하나를 나타내는 세 측면[Trimūrti; 三神一體說 삼신일체설]이라 한다.

이 세 신전의 맞은편에는 세 개의 바하나당(탈것을 모신 법당)이 있으며, 각각의 감실 안에는 신들의 자가용이라 할 수 있는 동물들이 놓여 있다.

시바 신전 앞의 사당에는 암소 난디, 브라흐마 신전 앞의 사당에는 백마 한사, 비슈누 신전 앞의 사당에는 독수리 가루다가 있다.

시바 신전 앞 사당에 있는 암소 난디의 등에는 혹이 돋아나 있는데,

이를 만지면 아들을 난다나 뭐라나…… 그 등이 반질반질하다.

아들 낳고 싶으신 분은 반드시 여기에 들려, 난디의 등에 나 있는 혹을 만지작거려 보아야 할 것이다.

한편, 시바 신의 사당은 로로 종그랑(Loro Jonggrang)이라 부르는데, 그 뜻은 '날씬한 처녀'라는 뜻이라 한다.

시바 신이 날씬한 처녀였는가?

그럴 리가 있겠는가?

여기에는 슬픈 전설이 숨어 있다. 그 전설은 다음과 같다.

인도네시아의 고대 힌두 왕국 시대 때, 로로 종그랑이라는 아름다운 공주가 살았는데, 로로의 아버지 프라부 보코(Prabu Boko) 왕은 전쟁에서 반둥 돈도워소(Bandung Dondowoso)에게 죽임을 당하였다 한다.

그러나 반둥은 로로의 미모에 반하여 사랑에 빠지게 되고 로로와 결혼하고자 했다.

로로는 아버지의 원수인 청년의 청혼을 단호하게 거절하지만, 반둥은 자신의 능력을 과시하며 집요하게 청혼을 계속한다.

마침내 처녀는 한 가지 묘수를 내어 이 청년과 일종의 내기를 하게 되는데, 그것은 1천 개의 신상을 하룻밤 동안에 만들어 주면 반둥에게 시집가고 그렇지 않으면 결혼을 하지 않겠다는 것이었다.

반둥은 해가 지면서부터 해가 뜨기 전까지 많은 신들의 도움을 받아 지금의 프람바난 사원에 있는 1천 개의 신상을 만들기 시작했단다.

한편 내기를 건 로로가 새벽에 가보니, 벌써 999개의 신상을 만들어 놓은 것 아닌가?

하나만 더 만들면 할 수 없이 아버지의 원수와 혼인을 할 수밖에 없게 되자, 다급해진 로로 종그랑은 향기로운 꽃을 뿌리며, 동쪽 부분에서 커다란 화톳불을 피웠고, 동네 여자들에게 쌀 방아를 찧도록 부탁한다.

시바 신전

방아 찧는 소리에 잠에서 깬 닭들이 소리 높여 울게 되고, 동쪽에서 붉은 빛이 떠오르자 꽃향기를 맡은 신들은 아침이 된 줄로 착각하여 신상 999개를 남겨 놓고 줄행랑을 친다.

내기에서 완전히 속은 것을 깨달은 반둥은 자신의 화에 못 이겨 그만 로로 종그랑을 하나의 검은 돌로 변하게 만들어버렸다 한다.

그러나 로로를 돌로 만들어버렸으니 더 이상 결혼은 할 수 없게 된 것이다.

그러니 아무리 화가 나도 참아야 하는 것이거늘……. 일시적으로 화를

참지 못하면 원하는 일을 이루지 못하나니…….

이 로로 종그랑의 마지막 모습이 돌로 변하여 1천 번째의 가장 아름다운 두르가 신상이 되었다는 것이다.

이 신상은 마지막까지 반둥의 청혼을 거부하다 보니, 지금도 그 석상의 손은 반둥의 청혼을 단호히 거부하는 자세를 취하고 있다고.

5. 전설이 깃든 프람바난 사원

6. 남자들은 비겁하다.

2011년 7월 6일(수요일)

어찌되었든 시바 신전에는 여러 동물들의 신상과 함께 아름다운 로로 종그랑의 석상이 모셔져 있고, 그래서 이 신전을 로로 종그랑이라 부르게 되었다고 한다.

신전 안 각 측실에는 동쪽에 시바 신, 남쪽에 시바의 아들이라는 가네샤(코끼리 머리의 신), 북쪽에 시바의 마누라인 두르가(Durgā, 또는 히말라야의 딸--설산신녀--이라는 뜻의 파르바티, Pārvatī: 승리를 상징하는 전쟁의 여신) 여신의 석상이 모셔져 있다.

특히 시바 신은 연꽃 위에 서 있어 불교와 관련되어 있음을 알 수 있고, 시바의 마누라인 두르가 신상은 관능적으로 표현되어 있는데, 전설에 나오는 로로 종그랑 처녀의 저주받은 모습이라 한다.

나쁜 신인 물소의 아수라(인도 신화에 등장하는 인간과 신의 혼혈인, 싸우기를 좋아하는 악신)인 마히쉬아수라(Mahishasura)가 하늘과 땅을 어지럽히고 있을 때, 브라흐마, 비슈누, 시바 등 힌두교의 데바(남신을 뜻하는 산스크리트 말. 여신은 데비 Devi라고 한다)들의 힘이 구체화된 여신으로서 두르가가 출현하여 마히쉬아수라를 무찔렀다고 한다.

이러한 설화는 두르가의 어원에서도 증명된다.

산스크리트어로 두르가는 '어려움이 있는'을 뜻하는 두르(dur)와 '가다 또는 오다'를 뜻하는 가(gā)가 합쳐서 이루어진 낱말이다.

따라서 힌두교에서 두르가 여신은 '악 또는 어려움이 접근하기 어려운 자', '접근할 수 없는 자', '모든 악 또는 어려움을 제압하는 무적자' 또

시바 신전

는 '어려움 속에서도 갈 수 있는 자, 가장 어려운 상황에서도 구원을 행할 수 있는 자'의 뜻을 가진 것으로 해석된다.

두르가(또는 파르바티)는 시바와 함께 있을 때는 두 팔로 표현되지만, 혼자 있을 때는 네 개 혹은 여덟 개의 팔을 가지고 있으며, 사자나 호랑이를 타고 있는 모습으로 묘사된다.

때로는 명상적인 미소를 띤 채 손에는 여러 무기들과 연꽃을 지니고 있으며 손가락으로는 무드라(인: 불교에서 주로 손과 손가락으로 행하는 상징적이거나 의식적인 제스처 또는 포즈)를 맺고 있는 것으로 표현된다.

앞 사진에서는 두르가 여신이 호랑이를 타고 여덟 개의 팔을 가지고

6. 남자들은 비겁하다.

있으며 여덟 개의 손에는 데바들이 준 여러 무기들이 들려 있음을 보여준다.

이 때 구름 위의 하늘에서는 데바들이 이 싸움의 광경을 보고 있다.

남신들은 비겁하다.

두르가에게 싸움을 부추기고, 지들은 무서워서 구름 뒤에 숨어 구경이나 하고…….

이는 신들만 그러한 게 아니다. 인간 세상도 그러하다.

흔히 남자들이 용감한 것으로 알려져 있지만, 남자들보다 여자들이 더 용감하다.

어쩌면 무모하다고 할까?

요즈음 남자들은 사실 좀 비겁하다. 여자들은 무모하고……. ㅎ ㅎ.

마히쉬아수라와 싸우고 있는 두르가

참 세상 많이 변했다.

성경에서는 이브가 아담을 꼬셔 금단의 열매를 먹게 하지만, 세상이 바뀌었으니 남녀의 역할도 바뀌는 것이다.

두르가 푸자(Durga Puja) 축제에서 두르가는 가네샤, 카르티케야, 락슈미, 사라스바티의 어머니로 등장한다.

6. 남자들은 비겁하다.

7. 가네샤 신은 왜 코끼리 머리일까?

2011년 7월 6일(수요일)

아니 그렇다면, 늠름한 시바 신과 아리따운 파르바티(두르가) 여신 사이에 난 아들인 가네샤(Ganesha) 신은 왜 코끼리 머리의 기형아일까?

원래 기형은 아니었다는데, 여기에는 이유가 있단다.

어머니인 파르바티가 목욕을 하면서 아들인 가네샤에게 문을 지키라 일렀는데, 가네샤는 아버지인 시바도 들어가지 못하도록 막았단다.

그러자 시바는 화가 나서 가네샤의 목을 쳤고, 이를 안 두르가가 화를 내자 시바는 아내를 진정시키기 위해 맨 먼저 지나가는 코끼리의 머리를 잘라 가네샤의 목 위에 얹어 놓았다 한다.

이를 볼 때, 최고로 무서운 파괴의 신인 시바도 마누라의 잔소리만큼은 어쩌지 못한 것을 알 수 있다.

여기서 우리는 살아 있는 교훈을 배운다. 마누라가 최고로 높은 신보다 더 높은 신이라는 것을.

하물며 인간들이야!

그저 마누라 말 잘 듣고 머리를 조아려야지, 그렇지 않음 그 후환을 어찌 감당할 것인가!

신이건 인간이건 "마누라 이기는 놈 없다."는 것은 만고의 진리인 셈이다.

한편, 가네샤 신은 참으로 융통성이 없는 고지식한 신이었던 모양이다.

그러니 지 머리는 잃어버리고. 대신 코끼리 머리를 얹고 사는 것 아닌가?

그렇지만 그 곁을 지나가다 졸지에 머리를 잃어버린 코끼리는 어쩌란 말이냐?

오! 불쌍한 코끼리여!

내 머리는 내 목에 붙어 있어야지, 내 머리가 아무리 신의 목에 붙어 있다 하여 좋아하는 코끼리가 있을까?

가네샤는 장애를 제거해주는 신으로서 사람들에게 은총을 베풀고 보호해 준다고 추앙되며, 예배를 할 때나 새로운 일을 시작할 때 제일 먼저 찾는 신이다.

울루와트 사원의 가네샤

그는 또한 문학과 학문을 보호해 주는 신이기도 하다.

가네샤는 보통 붉은색으로 묘사된다. 배는 항아리 같이 튀어나오고 엄니 하나가 부러져 있고 4개의 팔로는 올가미와 막

대기, 쌀이나 사탕을 담은 단지, 부러진 엄니를 들고 있기도 하며, 쥐 위에 올라타고 있는 모습으로 묘사되기도 한다.

가네샤의 형상은 사원이나 주택의 입구에서 종종 볼 수 있다.

8. 라마의 사랑 이야기

2011년 7월 6일(수요일)

시바 신전과 브라흐마 신전 외벽 밑 부분에는 고대 인도의 대서사시인 라마야나의 이야기가 돋을새김으로 조각되어 있다.

시바 신전의 동쪽 계단 왼쪽에서 시작하여 시계 방향으로 돌아가며 이야기가 전개된다.

흔히 '라마의 사랑 이야기'로 알려져 있는 고대 인도의 대서사시에서 나오는 라마야나의 이야기는 다음과 같다.

비쉬누(Vishnu) 신의 화신(化身)인 아요디아(Ayodya) 왕국의 라마 왕자는 자나카 왕의 딸인 아름다운 시타 공주와 결혼하게 된다.

프람바난 사원

그러나 음모에 의해 상속권을 상실한 라마는 시타와 이복형제 락슈마나와 함께 숲으로 들어가서 14년을 지낸다.

어느 날 라마와 락슈마나가 그들을 유인하러 보낸 금사슴을 쫓아 숲 속을 헤매고 있을 때, 랑카의 마왕 라바나가 시타를 납치한다.

라마와 락슈마나는 시타를 구하러 떠난다.

수많은 모험 끝에 그들은 원숭이의 왕 수그리바와 동맹을 맺게 되고, 원숭이 장군 하누만과 라바나의 친형제 비비샤나의 도움을 받아 랑카를 공격하여 라바나를 죽이고 시타를 구한다.

시타는 몸을 더럽혔으리라는 의심을 벗기 위해 불의 시련을 받아들이지만, 백성들은 아직도 왕비의 순결을 의심한다.

결국 시타는 숲으로 추방되고, 거기서 그녀는 발미키 현인(라마야나의 저자)을 만나 그의 암자에서 라마의 두 아들을 낳는다.

아들들이 나이가 들자 가족이 재회하게 되지만, 시타는 다시 자신의 결백을 주장하면서 대지에게 받아줄 것을 청하여 결국 대지는 그녀를 삼켜버린다.

이 이야기는 1960년대 이후 수백 명의 춤꾼들에 의해 프롬바난 사원 왼쪽에 위치한 야외 공연극장(open air theater)에서 춤으로 공연되고 있다.

이 춤은 영웅, 비극, 사랑, 그리고 폭력을 보여주는 별로 긴 대사가 없는 화려한 전통적인 무용극이다.

책자에는 매년 6월부터 10월 사이에 보름날 밤에 상연된다고 하는데 보지 못해 유감이다

한편, 계단 난간에도 사자 석상이나, 머리는 사람이고 몸통과 다리는

시바 신전의 벽면: 반인반조(半人半鳥)의 석상

새인 반인반조(半人半鳥)의 석상이 놓여 있다.

반인반조의 석상은 보르부드르 사원에서도 발견되는데, 반인반조의 석상과 관련된 신화는 보르부드르 사원을 방문하며 이야기하려 한다(45쪽, 46쪽 참조).

기대하시라!

이런 저런 전설을 생각하며 이곳저곳에서 사진을 찍고, 타오르는 불꽃 같은 불탑 모양의 신전들을 구경한다.

날씨는 찌는 듯이 더우나, 옛날의 기억이 가물가물하다.

옛날에 본 것처럼 황혼이 질 때 왔으면 더 좋았을 것을…….

아쉬움을 남기고 다시 차를 탄다.

8. 라마의 사랑 이야기

9. 치우 천왕도 여기에 오면 이렇게 변하나 보다.

2011년 7월 6일(수요일)

10시 반, 크라톤 왕궁으로 출발한다.

조그자의 가장 번화한 거리 말리오볼로(Maliobolo) 거리에서 남쪽으로 내려가면 전통적인 자바 건축물인 왕궁 크라톤(Keaton)이 있다.

1755년 하멩쿠 부워노(Hamengku Buwono) 1세가 지은 것이라는데 역대 술탄(이슬람 국가의 왕)이 사용하던 의자며 가구며 바틱 등이 전시되어 있는데, 1969년 3월 20일부터 관광객에게 공개된 왕궁이다.

가이드인 마데(Made) 말로는 조그자를 다스리던 왕은 인도네시아 부통령이 되었고--아마도 힘이 없으니 예우 차원에서 부통령으로 받아들였

크라톤 왕궁 내부 건물

자바 전통 음악 공연

던 것 같다--지금도 왕이 이곳에 살고 있다 한다.

마데의 말 속에는 진심으로 왕에 대한 충성과 존경심이 묻어난다.

왕궁 안에는 자바의 민속의상을 입은 남자들이 보수도 받지 않고 일을 하고 있다. 그들에게는 왕을 위한 봉사가 가문 최대의 영광이라고 한다.

왕궁에 들어설 땐 민소매 옷을 입으면 안 된다. 양말도 꼭 챙겨 신어야 하고.

왕궁으로 가는 길은 혼잡하기가 이루 말할 수 없다.

18년 전에 비하여, 순박한 미소며, 꾀죄죄한 동네며, 별로 달라진 것은 거의 없다.

오토바이가 많이 생긴 것과 자동차가 많아진 것 빼고는 별로 달라진 것 없이 시간이 정지해 있었던 것 같은 느낌이다.

복잡한 자동차와 오토바이를 뚫고 왕궁 앞에 다다른다.

참, 운전 솜씨 하나는 죽인다. 부딪칠 듯 부딪칠 듯 중앙선을 넘어가며 달리지만 사고는 나지 않는다.

서로 조금씩 양보하며 그렇게 사는 것에서도 이들의 순박한 마음이 느껴진다.

왕궁으로 들어가니 문 앞을 가로막아선 벽면에는 치우 천왕을 흉내내는 모습의 원숭이탈이 사람을 맞이한다.

그렇지만 이 원숭이는 혓바닥을 내놓고 있어 근엄하고도 격이 있어 보이는 우리의 치우 천왕 탈--도깨비 탈--과는 차원이 전혀 다르다.

자바의 치우 천왕 격인 원숭이 신

자바 임금님의 정자

북쪽의 치우 천왕도 여기에 오면 이렇게 변하나 보다.

왕궁 안에는 커다란 홀이 있고 그곳에서는 지금 전통인형극을 공연 중이다.

9. 치우 천왕도 여기에 오면 이렇게 변하나 보다.

10. 자바 왕국의 흔적은 역사에 묻혀가고……

2011년 7월 6일(수요일)

왼쪽으로는 커다란 인도네시아 식 건물이 있다.

이곳 건물들의 특징은 열린 공간이다. 날씨가 더운 곳이어서 바람이 잘 통해야 하기 때문일 것이다.

또 다른 문턱을 넘어서니 여기에는 아름답게 장식한 인도네시아 식 정자가 있다.

그리고 귀족의 결혼식 파티장으로 이용되는 커다란 홀이 있다. 역시 열린 공간이다.

옆의 건물에는 왕의 사진과 의자, 그릇 등이 전시되어 있다.

결혼식 등 의식을 행하던 곳

임금님의 집무실

조금 더 가면 집무실로 사용하였다는 화려한 샹들리에와 함께 금각을 입힌 화려한 건물이 나타난다.

이곳은 사방을 유리로 막고 에어컨을 설치해 놓았다.

왕의 집무실이라 그런가? 옛날에는 그렇지 않았겠지만.

다른 건물에는 자바 왕의 젊은 시절 흑백 사진, 왕비의 모습을 찍은 사진 따위가 걸려 있다.

왕비는 날씬하니 예쁘게 생겼다. 왕비로 간택 받은 여인이니 품위도 있어 보인다.

그렇지만 구경도 시들하고 덥기는 하고, 방으로 들어가는 문에 해당하는 에어커튼 밑이 제일 시원하여 그곳에서 땀을 식힌다.

그 이외에 그렇게 볼거리가 많지는 않다. 궁전이라야 어느 부잣집 정원만 한 것이고.

한편, 마데 말에 의하면 저 건너편에 있는 집은 임금님 친구들이 와서 술 먹고 노는 곳이라서 들어갈 수 없다 한다.

허긴, 이슬람교에서는 술을 못 마시게 되어 있으니 외부인들이 술 마시는 것을 보아서는 안 될 것이다.

나오는 길에 보니 어떤 방 앞 회랑에 가마가 두 개 놓여 있다.

하나는 임금님이 타던 가마이고 또 다른 하나는 왕비께서 타던 가마가 있다. 임금님과 왕비의 자가용인 셈이다.

자바 임금님의 자가용

크라톤 왕궁을 나와 12시 30분에 점심을 먹는다.

인도네시아 식 뷔페인데, 카레 비슷한 노란 국물에 닭도리탕처럼 닭을 토막내 삶은 것 몇 개를

자바 왕비의 자가용

건져와 소주와 함께 안주 삼아 먹는다.

학회에서 어제 밤 배분해 준 소주 두 팩을 들고 와 유용하게 쓰는 것이다.

그런데 왜 다른 사람들은 소주를 들고 오지 않는 걸까? 주면 잘 마시면서…….

아마도 어제 밤에 다 마셔버렸거나 들고 오는 것을 깜박 잊어버렸을 것이다.

그리고 나서 나시 꼬렝이라는 볶음밥을 먹는다. 그런대로 먹을 만하다. 이곳 말로 '나시'는 '쌀'이고 '꼬렝'은 '볶았다'는 말이다.

그럭저럭 점심을 때우고 이제 보로부두르로 출발한다.

10. 자바 왕국의 흔적은 역사에 묻혀가고……

11. 보로부두르의 불가사의: 무덤? 불탑? 사원?

2011년 7월 6일(수요일)

보로부두르는 조그자의 북서쪽 약 42km 지점에 있다.

8세기 말에서 9세기 중엽에 걸쳐 불교 왕국인 샤일랜드라(Syailendra) 왕조가 지었다고 하는데 확실하지는 않다.

이 건축물은 메라피 화산재에 묻혀 있다가 1814년 영국인 래플스가 발견하여 그 후 20여 년 동안 발굴하여 세상에 알려지게 되었다 한다.

보로부두르라는 이름의 유래는 산스크리트어(고대 인도 언어)로 '보로=승방' '부두르=높게 쌓아 올린 곳'이란 뜻이며, 따라서 '언덕에 세운 승방'으로 해석하는 설이 있는데 명확한 근거가 있는 것은 아니라고 한다.

보로부두르 사원

보로부두르의 상층부의 불탑(스투파)

한편 보로부두르 사원의 토대에 사용된 흙과 사원을 덮고 있던 흙의 토질이 동일한 점으로 볼 때, 완성과 동시에 묻혀버렸을 가능성이 크다고 한다.

이 사원이 묻혀버린 이유도 왕조의 쇠퇴, 전염병의 만연, 메라피 산의 분화 등 여러 학설이 있으나 그 어느 것도 분명하지는 않다.

이 건축물의 밑변은 한 변이 120m의 정방형이고, 약 30cm x 50cm 정도의 안산암을 쌓아 9층까지 쌓아 올렸는데, 총 100만 개의 돌들이 들어갔다고 한다.

약 30cm x 50cm 정도의 돌들에 돋을새김을 하여 무너지지 않도록 끼워 맞춘 것을 볼 때 그 솜씨 또한 대단하다. 이렇게 큰 건물을 말이다.

11. 보로부두르의 불가사의: 무덤? 불탑? 사원?

기단부는 욕망의 세계를 나타내고, 1층에서부터 5층까지는 네모꼴로 된 긴 회랑이 있으며, 회랑 좌우에는 부처님들이 모셔져 있는데 유형의 세계를 나타내며, 6층부터 8층까지는 동그라미꼴로 테라스 형태를 띠는데, 각각 32개, 24개, 16개의 범종(梵鐘) 모양의 불탑(스투파)을 배치하여 무형의 세계를 나타낸다고 한다. 그리고 9층에 해당하는 제일 위에는 역시 범종 모양의 거대한 대불탑이 세워져 있다.

그러나 이 건축물이 절인지, 불탑(스투파)인지, 무덤인지, 입체 만다라(曼茶羅)인지 아직까지 정확하게 알려진 것은 없다.

내 생각에는 왕의 무덤인 피라미드 같다.

비록 범종 모양의 불탑인 스투파와 수많은 부처님의 석상이 있는 것 때문에 이를 사원설, 불탑설, 만다라설 등이 유력해 보이나 내 생각에는

보로부두르

동서남북 사방에 부처님들을 모셔 놓고 삿(邪)된 것들을 물리치려 한 거대한 무덤이 아닐까라는 생각이 든다.

안내서에 따르면, 매년 5월 보름날 밤에는 세계 각처에서 불교도들이 모여들어 부처님의 입멸을 기리며 제례를 지내는데, 이 제례를 와이카크(Waicak)라 하며, 이 날은 국경일로 정해 놓고 있다 한다.

9층으로 된 각 회랑을 돌아 꼭대기 스투파까지 올라가려면 약 4km가 된다고 한다.

회랑의 폭은 2m로 2층부터 4층까지 벽에 새겨놓은 조각들이 200개가 넘게 있다.

옛날에 왔을 때에는 우주의 창조 신화부터 시작해서 건립 당시의 역사까지 새겨져 있다고 들었는데, 마데의 설명에 따르면 부처님의 일생을 조각해 놓은 것이라 한다.

누구 말이 맞는지는 잘 모르겠으나, 벽면 조각에 우주목(宇宙木: 하늘과 땅을 잇는 우주의 중심축을 나타내는 생명의 나무. 세계수라고도 한다. 단군신화의 신단수, 솟대, 오벨리스크, 마을의 수호신 역할을 하는 정자나무 등의 형태로 나타나기도 한다.)부터 시작하여 갖가지 반인반수의 동물들도 새겨져 있고 어찌되었든 이야기 거리는 풍부하다.

12. 보로부두르의 치우 천왕

2011년 7월 6일(수요일)

이 가운데 특히 눈길을 끄는 것은 머리는 사람 얼굴이고, 몸통은 새인 돋을새김이다(이와 똑같은 돋을새김은 앞에서 본 프람바난 사원의 시바 신전에서도 잠깐 본 적이 있다. 32쪽 사진 참조).

새의 몸에 사람 얼굴은 동북아시아의 전설에서 나오는 나무의 신[木神 목신] 구망(句芒)이 아닌가!

왜 동북아시아의 전설이 이곳에 새겨져 있는가?

그 전설은 다음과 같다.

소호(少昊) 금천(金天)씨는 동방의 바다 밖으로 나가 새를 신하로 삼아 나라를 다스리다 서방으로 돌아갔는데 두 아들을 두었다고 한다.

한 아들은 새의 몸에 사람의 얼굴

보로부두르 벽면: 구망(句芒)?

새+사람: 목신(木神) 구망(句芒)?

을 한 중(重)인데 그는 후에 태호(太昊) 복희(伏羲)의 속신으로서 목신(木神) 구망(句芒)이 되었으며, 다른 아들의 이름은 해(晐)인데 해는 소호의 속신으로서 그가 곧 금신(金神) 욕수(蓐收)이다.

욕수는 동방의 천제가 되어 1만2천리의 땅을 다스렸다는 전설이다.

더욱이 보르부두르 사원의 꼭대기 스투파로 올라기 전의 거대한 문 위에 새겨놓은 도깨비 얼굴은 바로 치우(蚩尤) 천왕의 얼굴 아닌가!

신라의 왕족 김(金)씨들이 소호 금천(金天)씨의 자손이어서 성을 김(金)으로 하였다는 것과 동이족의 영웅이자 군신(軍神)이었던 치우 설화는 분명 우리의 고대 역사를 반영해주는 것인데, 왜 금천씨의 아들 구망과 동이의 영웅 치우 천왕이 이곳에 새겨져 있을까?

1,200년 전 이곳의 역사와 우리의 역사와는 어떤 관련성이 있을까?

12. 보로부두르의 치우 천왕

보로부두르: 치우 천왕의 얼굴

보로부두르를 나오는데, 합죽선과 목공 조각, 은 세공품 등을 들고 장사꾼들이 달라붙는다.

어김없이 원래 가격의 2-4배를 부른다. 그러면서 계속 깎아 부르면서 달라붙는다.

안 산다고 해도 몇 백 미터를 끈질기게, 애처롭게 달라붙는데, 안 사 줄 도리가 없다.

그래도 사람들이 밉지는 않다.

이집트에서 바가지 씌우는 상인들은 어떤 면에서 비굴해 보이는데, 이들에게는 그런 면이 없다.

바가지 씌우다 들켜도 씩 웃는 순박한 웃음에 넘어갈 수밖에 없다. 이들의 순수한 마음 때문일 것이다.

보로부두르: 닭+사람

12. **보로부두르의 치우 천왕**

보로부두르 벽면의 돋을새김

결국 가족 네 명을 조각한 목공예품을 5불 주고 샀다.

그러자 옆에서 부채를 하나씩 더 내밀면서 5불, 5불 한다.

할 수 없이 부채 7개를 5불 주고 산다.

13. 엘피지(ELPIGI)

2011년 7월 6일(수요일)

시달리던 장사꾼들로부터 해방되어 차에 오르니 시원한 게 살 거 같다.

다시 조그자로 오는 길에 왼쪽으로 메라피 화산이 보인다.

메라피는 해발 2,968m의 가루다 봉(峯)이 있는 인도네시아 자바 섬의 화산인데, 메루(Meru)는 '높음'을 뜻하는 우리말 '마루, 미르, 머리'와 같은 무리의 말로서 '산'을 뜻하고, 아피(Api)는 우리말 '불 피다'의 '피'에서 알 수 있는 것처럼 '불'을 뜻하므로 '불산' 곧, '화산'임을 말해준다.

메라피 화산 폭발로 피해 입은 집들

LPG 운송 트럭

메라피 화산은 지금도 활동 중인 화산이다. 금년에도 몇 달 전 화산이 폭발하여 200여 명이 죽었다고 하는데, 지금도 연기를 내뿜고 있다.

그렇다면 왜 이 위험한 곳에 터를 잡고 살았을까? 그렇게 희생을 당하면서.

그 이유는 화산재가 땅을 비옥하게 만들었기 때문이란다. 곧, 농사가 잘 되는 비옥한 곳이어서 사람들이 이곳에 왕조를 세우고 살았으리라.

마데가 손가락으로 가리키는 곳을 보니 화산재에 묻혀 피해를 입었던 마을의 가옥들과 화산재가 흘러들어간 잿빛의 강과 7m 높이로 쌓여 있는 화산재들이 보인다.

앞에는 LPG 가스를 싣고 가는 트럭이 보이는데, 그냥 LPG라 쓰지 않고 ELPIGI라 쓴 것이 독특하다. 발음 나는 대로 글자를 차용하여 쓴 것이다.

원래 알파벳이니 발음 나는 대로 쓰는 것이 좋은 것인데, 왜 어색한 것일까?

인도네시아 어딘가에 한글을 수출하였다는데, 우리 한글 역시 알파벳이니 지들 발음 나는 대로 유용하게 쓸 것이다.

저녁 식사를 하기 전에 바틱 가게에 들른다.

시간은 오후 5시이다.

이 가게는 관광객을 상대로 바가지 씌우는 가게는 아닌 거 같다. 비싸지 않을 뿐 아니라, 가격표에서 단 1달러도 안 깎아 주는 것을 보니 말이다.

인도네시아인들은 손기술이 발달하여 금은 세공, 목각, 석각, 바틱 등에서 정교하고도 아름다운 예술품을 만들어 내는 재주를 가졌다.

이들의 염색 솜씨 또한 세계 최고라 생각한다.

그리고 염색한 옷이 어떤 소재를 썼는지 모르겠으나 참으로 시원하다. 내 생각에는 면실크 아닌가 싶다.

바틱 남방 하나를 고르고 고른다.

주내가 다른 것은 아무 것도 사오지 말라 하면서도 바틱 남방 하나는 사와도 좋다고 했기 때문이다.

18년 전 발리에서 사 입은 긴 팔 바틱 남방이 어찌나 가볍고 시원했던지 그 이후 여름에 놀러갈 때나 해외에 나갈 때면 꼭꼭 챙기는 필수품이 되었었는데, 금년 이곳에 오기 전에는 너덜너덜해져 결국 버리고 말았던 것이다. 그래서 이번에 발리 가면 바틱 남방 하나는 꼭 사오리라 생각했던 것이다.

12. 보로부두르의 치우 천왕

바틱 가게의 샘플들

그러나 옷들의 색깔이 너무 화려하고 무늬가 커서 사실 이 옷들을 한국에서 입고 다니기는 조금 꺼려진다.

무난한 무늬를 고르느라 이것저것을 뒤적거리다 푸른 색조의 긴 팔 남방과 갈색 계통의 남방을 하나씩 골라 마침 앞에 있던 L 교수에게 어느 것이 좋겠는가 물어보니, 이 여교수님 말씀이 갈색 계통이 더 잘 어울린다 한다.

가격을 보니 갈색 남방이 훨씬 싸다. 약 10만 루피아(우리 돈으로 13,000원 정도)로 기억한다.

푸른 색 남방은 15만 루피아였든가?

그러니 색깔도 더 좋고, 값도 싼 갈색 남방을 망설임 없이 사가지고 돌아왔다.

그런데 돌아와 다음 날 입으려 보니 긴 팔이 아니고 반팔이었다.

어쩐지 조금 싸더라니……. 긴 팔을 사야 했는데…….

왜냐면 나는 피부가 약해 햇빛에 노출되면 곱게 타는 것이 아니라 화상을 잘 입기 때문이다.

정 더우면 걷어 올리면 되므로, 여름에도 늘 긴 팔을 입는 편이다.

놓친 고기가 더 아깝다고 푸른 색깔의 긴 팔 남방이 아쉬워진다.

6시 30분 저녁 역시 인도네시아 식 뷔페다. 닭국 스프가 맛있다.

호텔로 온 것은 8시 반 경이다.

샤워를 하고 11시에 푹 잔다. 내일을 위하여.

12. 보로부두르의 치우 천왕

14. 안경알이 빠졌네!

2011년 7월 7일(목요일)

5시 반에 일어나 짐을 챙기고 전화기 배터리를 충전한다. 오늘 점심 먹고 1시 이전에 방을 비워줘야 하기 때문이다.

오늘은 아침 10시 반부터 하루 종일 세미나가 있다. 10시 반부터 12시까지 내 세션에서 발표를 해야 한다.

그리고 오후 마지막 세션에서는 토론을 해야 한다.

그런데 토론할 논문을 아직도 받지 못했다. 가자마다 대학 교수의 논문인데, 언제나 논문을 가져올지 모르겠다.

가자마다 대학은 학생 수가 5만 명으로 인도네시아 대학 가운데 가장

가자마다 대학

큰 대학이란다. 행정학과 교수만 20명이라 한다.

이 대학은 법학, 경영학, 정치학 등 사회과학 분야가 유명하다고 한다.

한편, 공대 쪽은 반둥이 유명하고, 학생 수도 훨씬 많다고 한다.

조그자는 원래 프람바난과 보로부두르 등 고대 유적이 많은 도시로 알려져 있지만, 한편으로는 교육도시이기도 하다.

조그자에 있는 대학 수가 국공립 사립 전부 합해서 100여 개가 있다 한다.

따라서 학생들을 대상으로 하는 음식 값이 한 끼 1달러 미만인 싼 식당들이 많고, 집세도 한 달에 35-40달러 정도 한다고 한다.

이제 보니 오토바이가 그렇게 많아진 이유가 이들 학생들 때문이었다. 오토바이는 학생들 자가용인 셈이다.

7시 아침 식사 후, 10시 반까지 발표할 논문을 훑어보는데, 이상하게 어지러운 것이다. 글자가 잘 보이다 흐릿하게 보이기도 하고, 양쪽 시력이 현저히 차이가 난다.

오른쪽 안경 위에 손을 대고 논문을 보니 전혀 보이지 않는다. 반면에 왼쪽 안경 위에 손을 대고 보면 글자가 또렷하다.

내 왼쪽 눈이, 왜 갑자기 시력이 나빠졌을까? 거 참 이상하다.

나중에 알고 보니 왼쪽 안경알이 빠져 버렸기 때문이었다.

안경을 목에 걸고 다녔는데, 어디에서 빠졌는지 찾을 수가 없다.

안경은 쓸 수가 없고, 누군가 여분으로 돋보기를 가져온 사람이 없을까 물색하다가 결국 그냥 대충 하기로 했다.

드디어 세미나가 시작되었는데, 준비해간 원고를 잘 볼 수 없어 발표

하는 동안 엄청 혼났다.

우리말도 아니고 영어로 발표를 하는데, 원고가 잘 안 보이니 도표의 숫자도 잘 못 읽고, 눈도 엄청 피곤하고…….

여담이지만, 이번의 사태를 교훈삼아 이 다음 여행부터는 반드시 여분의 안경을 준비하고 다닌다.

어찌되었든 그렇게 그렇게 어렵게 세션을 마치고 점심을 먹는데 좋은 소식이 온다. 오후 토론에서 내가 빠졌다는 소식이다.

내가 토론해야 할 가자마다 대학교수가 결국 논문을 다 못 써서 내 토론이 취소되었다는 소식이다.

그렇지 않아도 안경이 없어 토론할 논문을 못 읽을 텐데 하면서 속으로 걱정을 많이 했는데 하늘이 도우신 거다.

하느님은 언제나 내 편이시다!

덕분에 오후는 내 자유 시간이다.

물론 다른 사람들의 세션에 들어가서 방청해도 되지만 그것보다는 관광이 더 우선이다.

15. 하느님은 원하는 것을 꼭 이루어주신다.

2011년 7월 7일(목요일)

마침 D출판사의 L사장과 사업과 학업을 병행하는 이름을 잘 모르는 또 한 분, 그리고 K교수 부인, P교수 부인, Y교수 부인, S교수 딸 등 여섯 명은 오후에 시내 관광을 하기로 했다는데, 거기에 끼면 될 것 같아 물어보니 여섯 명이 타는 차를 수배해 놓아서 곤란하다는 것이었다.

할 수 없이 세미나에 들어가려 로비에 있는데, 출판사의 L사장이 급히 들어오며 날 찾는다.

S교수의 딸 S양이 관광을 안 가고 아버지와 함께 있겠다고 하여 마침 자리가 하나 빈다는 것이다.

바틱 공장의 수작업

바틱 공장의 무늬 찍기

조그자에서 왕궁, 프람바난, 보로부두르는 18년 전에 본 것이어서 그렇게 큰 감흥은 나지 않으니, 내가 안 가 본 다른 사원엘 가 보았으면 좋겠다 생각했었는데, 그 소원이 이루어질 때가 온 것이다.

하느님은 원하는 것을 꼭 이루어주신다.

이 얼마나 좋은 소식인가! 하느님, 감사합니다.

얼른 자동차에 올라탄다.

K교수 부인이 바틱을 사고 싶다 하여 바틱 공장이 딸린 가게부터 갔다.

덕분에 일일이 수작업을 통해 무늬를 그리고, 그 위에 파라핀을 입히고, 삶고 말리고 하는 염색 과정을 볼 수 있었다.

그리고 나서 매장엘 들어갔는데, 화려한 무늬의 염색한 천을 가지고 만든 액자와 옷들이 우리를 기다린다.

가격을 보니 장난이 아니다. 어제 저녁 먹기 전 들어갔던 가게와는 비교가 안 된다. 가격표를 보니 약 3배 이상 비싸다.

긴팔 남방을 찾아보았으나, 무늬가 마음에 드는 것이 없을 뿐만 아니라 너무너무 비싸다. 관광객들을 대상으로 바가지 씌우는 가게임이 틀림없다.

물론 품질로 볼 때, 비싼 값어치를 한다고 볼 수도 있으리라.

그렇지만 너무~합니다, 가격이.

나중에 발리로 가기 위해 비행기를 타고 면세점에서 본 가격도 이보다는 훨씬 싼 것을…….

쇼핑보다는 관광을 하는 것이 좋겠다는 데 의견이 일치하여, 내가 안내를 한다.

책이 없으니 사원 이름은 기억이 안 나고, 프람바난 사원 옆에 있는 사원엘 가자고 했더니 안내해 준다.

덕분에 세우(Candi Sewu) 사원과 플라오산(Candi Plaosan) 사원을 볼 수 있었다.

15. 하느님은 원하는 것을 꼭 이루어주신다.

16. 부처님의 피서법

2011년 7월 7일(목요일)

세우(Candi Sewu) 사원은 로로 종그랑 사원에서 800미터 정도 남쪽에 있는데, 힌두 왕인 라카이 피카탄이 건립한 불교 사원이다.

앞의 역사에서 이야기 했듯이 라카이 피카탄은 불교 왕국인 샤일랜드라(Syailandra) 왕국의 공주와 결혼하였고, 잃었던 힌두 왕국인 산자야(Sanjaya) 왕조의 국권을 회복한 인물이다.

아마도 불교 왕국의 공주와 결혼한 후, 세력이 약했을 때 불교 사원으로 건립한 듯하다.

세우 사원은 중앙의 주 신전을 중심으로 주변에 약 240여 개의 조그

세우 사원의 주 신전

여명 속의 세우 사원

만 신전들로 구성되어 있다.

주 신전은 직경이 29미터인 다각형의 형태를 띠고, 높이는 30미터이다.

모든 사원은 안산암으로 지어졌다.

이 사원의 대칭적 형태는 우주의 조화를 상징하고, 조그자와 수라카르타왕궁에서 볼 수 있는 전통 양식이다.

모든 건물들은 돌 울타리로 둘러싸여 있으며, 들어가는 문은 두와라팔라(dwarapala)라는 몽둥이를 들고 있는 큰 석상이 지키고 있다. 이와 같은 화난 듯한 커다란 석상 호위병은 조그자 왕궁의 홀 안에서도 볼 수 있다.

세우 사원으로 들어가려니 입구를 지키고 있던 순경(?)이 표를 내란다.

표가 없다고 하자 기부금을 내란다.

장부에 이름을 적고, K 교수 부인이 얼른 6,000루피를 내어주자 고맙다며 들어가란다.

일행이 6명이라서 6,000루피를 낸 것이었으나 우리 돈으로 보면 1달러(8,200루피)가 안 되는 돈이다.

사원은 많은 부분이 무너져 내려 있으나, 프람바난과는 또 다른 느낌이다.

뱀 아가리 속의 부처

사원 안의 주신전이 있고 그곳으로 올라가 내부를 구경하고, 그 안에서 밖으로 보이는 다른 신전들을 구경한다.

그리고 한 바퀴 죽 돌아 나오는데, 신전을 올라가는 계단 양쪽에 아마도 신전을 지키는 신상인 모양인데 뱀(나가: Naga 대지의 보물을 지키는 반(半) 신격의 강력

한 힘을 소유한 뱀이나 용)이 커다란 입을 벌리고 있다. 재미있게도 크게 벌린 뱀 아가리 속에는 부처님이 들어가 계신다.

뱀 아가리 속의 부처

아마도 날씨가 더운 이곳에서 뱀 아가리 속에 들어가 있으면 정말 시원한 느낌일거다.

이보다 더 좋은 피서처가 어디 있겠는가!

그래서 부처님께서 뱀 아가리 속에서 피서를 하고 계신 것이다.

역시 부처님은 깨달은 분이시다.

17. 요 순경, 손해 많이 봤다.

2011년 7월 7일(목요일)

이곳저곳 사진을 찍고, 일행들 사진을 찍어주고, 이제 또 다른 사원으로 가자 했더니, 그곳에서 1km 쯤 떨어진 곳에 있는 플라오산 사원으로 안내한다.

플라오산(Candi Plaosan) 사원은 역시 대부분 무너져 내려 있는데, 밖에서도 잘 보인다.

들어가려 했더니 역시 순경이 기부금을 내라고 한다.

세우 사원에서의 경험도 있어 6,000루피를 냈더니, 그것은 한 사람분이란다. 6명이니 36,000루피를 내란다.

플라오산 사원

플라오산 사원

아니 기부금은 내고 싶은 사람만 내는 거 아닌감?

밖에서도 잘 보이는데 굳이 돈 내고 안에 들어가 봐야 별 것 없다 싶어 도로 나온다.

아따, 요 순경 손해 많이 봤다. 그냥 6,000루피라도 받지 않구…….

사람이 욕심을 너무 부리면, 손해를 보는 법이다.

더욱이 곧 돌아가야 할 시간이다.

세미나가 끝나기 전에 돌아가야 같이 합류하여 짐을 찾고, 저녁을 먹고, 발리로 갈 수 있다.

플라오산 사원은 853년에 세운 것이라 하는데, 양식으로 볼 때 불교 사원인 듯하다. 종형의 스투파들이 눈에 띈다.

바깥에서 기념으로 사진을 몇 장 찍고 호텔로 향한다.

17. 요 순경 손해 많이 봤다.

가는 길에 보니 프람바난 사원의 뒤로 돌아간다. 덕분에 프람바난 사원의 뒤태도 찍을 수 있었다.

호텔로 돌아오니 세미나가 끝나기 직전이다.

어찌되었든 옛날에 와서 본 것 이외에도 세우 사원과 플라오산 사원을 보니 기분이 좋다.

저녁 6시 30분 해물 요리가 나오는데 우리 입맛에 맞다.

잘 먹는다.

7시 공항으로. 8시 15분 이륙하여 9시 반 발리 도착. 10시에 짐 찾아 호텔 멜리아 베노스(Melia benos)에 도착하니 10시 15분. 샤워하고 12시가 넘어서야 잠이 든다.

18. 버릇이란 참으로 무서운 것

2011년 7월 8일(금요일)

아침 7시 식사를 하러 식당으로 간다.

식당 옆 못에는 온갖 꽃들이 피어 있는데, 나무에 기생하는 난초꽃이 너무나 매혹적이다.

비록 나무에 빌붙어 살지만, 그것은 아랑곳하지 않고 꽃만큼은 화려하게 피울 줄 안다. 발리의 낭만을 표상해주는 듯하다.

발리는 제주도의 3배쯤 되는 크기의 섬으로 인구는 약 280만 명이 살고 있는데, 인도네시아의 주 종교가 이슬람교인데 반하여 이곳 주민의 약 90%는 힌두교도들이다.

나무에 기생하는 난초의 꽃

누사 두아의 해변 풍경

집집마다 마을마다 사원이 있으며, 때마다 꽃과 밥을 공양한다.

개인 집안의 조그만 사당부터 마을의 큰 사원까지 사원의 수만 해도 2만여 개가 넘는다 하여 발리는 신들의 섬으로 불리기도 한다.

그러니 이러한 사원들만 해도 참으로 볼거리가 많다.

그렇지만 오늘 관광은 스노클링, 바나나보트, 카누 등 수상 스포츠로 잡혀 있다.

두 개의 섬이라는 뜻을 가진 누사 두아의 베노아 항구로 가서 배를 타고 발리 옆에 있는 섬으로 가 수상 스포츠를 하고 원주민 촌을 관광하고, 점심은 배 위에서 선상뷔페로, 저녁에는 바다가재를 먹는 것으로 짜여 있다.

발리에서 한 시간 가량 배를 타고 가면 누사 렘봉안(Nusa Lembongan), 누사 쩨닝안(Nusa Ceningan. 누사 페니다(Nusa Penida) 등 세 개의 섬이 있다.

베노아 항으로 가는 길은 엄청 막힌다. 예전에 비해 교통만 엄청 복잡해진 느낌이다.

환영 인사를 하는 발리 여인들

호텔을 9시에 출발하였으나 베노아 항구에 도착한 것은 10시가 다 되어서였다.

배를 타고 출발하니 일단 시원해서 좋다.

배는 큰 배인데, 3층으로 되어 있다.

1층과 2층은 객실이고, 3층은 디스코를 출 수 있도록 홀이 있고 밴드가 음악을 연주하고 있어 매우 시끄럽다.

무슨 소리인지는 몰라도 "음웅, 쎅쎅, 라이스 앞, 웅웅 쑥쑥 라이스 앞"하면서 울려 퍼지는 밴드 소리가 듣기에 조금은 민망하다.

외국 여자들 몇은 난간에 기대어 몸을 흔든다. 정확하게 궁둥이를 흔든다고 해야겠지만.

계속되는 음악 소리에 저절로 몸이 흔들리는데, 나는 왜 점잔을 떠는 걸까?

나만이 아니다.

18. 버릇이란 참으로 무서운 것

얼마나 많은 사람들이 허물을 벗고 싶어 하는 것인가? 세속에 얽매어 살다보니 그 껍질을 벗어던지고 싶어도 차마 잘 안 되는 것이다.

그 동안 익숙해졌던 체면의 허울 속에서 벗어나지 못하고 그저 부러운 눈초리만 보낼 뿐이다.

아니 부러움의 표시도 그저 어색해서 그나마도 못하는 것이 우리 세대이다.

좀 더 자연스러운 것이 좋을 텐데…….

체면이란 참으로 무서운 것이다.

아니 체면보다는 버릇이 무서운 것이다.

버릇은 익숙한 것인데, 흔드는 버릇이 안 들었으니 그런 것이다.

2층에선 선실 바깥에 역시 밴드가 각국 노래를 연주한다.

선상의 즐거운 모습

노래하는 모습

그것에 맞추어 의자에 앉아 손뼉을 치기도 하고 율동을 하기도 한다.

이번엔 한국 노래를 연주하면서 한국 사람을 지목하여 나와 노래를 부르게 한다.

K 교수 부인이 나와 노래를 부른다.

모두가 즐거운 모습이다.

18. 버릇이란 참으로 무서운 것

19. 핑계와 진실

2011년 7월 8일(금요일)

1시간가량 가니 섬이 나타난다.

우리를 데리고 온 배에서 수상스포츠를 할 수 있는 배로 옮겨 탄다.

수영복으로 갈아입고 구명복을 입은 후, 일부는 바나나보트를 타고, 일부는 다시 보트를 타고 스노클링 하는 장소로 간다.

안전을 위해 줄이 쳐져 있다. 수경을 쓰고 물에 들어가니 흰 모래바닥이 보이고 물고기는 눈에 띄기는 하는데 별로 많지 않다.

서서히 안전 줄 친 쪽으로 헤엄쳐 가보니 밑에는 돌들과 많은 고기들이 보인다. 예전에 스노클링 하던 때와 비슷하다. 큰 고기도 보이고, 이

렘봉안 섬의 마을

쪽이 훨씬 볼 만하다.

약 10여분 이곳저곳의 물고기를 구경하고 다시 배 위로 올라 가 쉰다.

한 30분 쉰 다음 배를 타고 수상스포츠를 할 수 있도록 정박해 놓은 배로 다시 돌아간다.

시간은 12시쯤 되었다.

음식 접시를 들고 음식을 선택하여 담는다.

요리하는 사람이 새우를 두 마리 구워서 접시마다 얹어준다. 다른 것들은 맛이 그저 그런데, 꼬치구이 새우 두 마리는 그런대로 먹을 만하다.

밥을 먹은 후, 바나나 보트를 타고 바람을 가르며 바다를 한 바퀴 돈

렘봉안 섬의 수상스포츠 배

19. 핑계와 진실

다.

그 다음, 물미끄럼틀에 오른다.

물미끄럼도 재미있다. 속도가 가속이 붙다가 물에 빠지는데 구명복이 자꾸 벗겨진다.

발리 렘봉간 섬

물맛을 보니 생각보다 짜다.

두 번을 그런 다음, 민물로 몸을 헹구고 그늘에서 쉬다가 옷을 갈아입는다. 수영복은 꽈악 짜서 비닐봉지에 넣고.

저쪽 바다 건너 원주민 마을에 안 가냐고 물으니까, 현지 가이드인 '멀었다'는 귀찮은 표정이다.

가이드는 자기 이름이 '머릇다'라고 소개했지만 우리는 기억하기 좋게 그냥 '멀었다'로 개명하여 부른다.

'멀었다'는 발리에 있는 대학의 법학과를 나와서 자카르타에서 치른 변호사 시험에 합격하였다 한다. 현직 변호사 사무실을 개업하고 있단다.

합격할 때 32명을 뽑았다니 공부도 정말 잘한 수재인 셈이다. 그래서

패러슈팅

그런지 아는 게 많다. 한국말도 아주 능숙하다.

그러면서 배가 곧 떠나야 하니 금방 와야 된다고 한다.

그리고 갈 사람이 대여섯 이상 되어야 한다고 하면서, 갈 사람이 없는 것처럼 이야기한다.

지가 가기 싫으니 이 핑계 저 핑계 대 보는 것이다.

어쩌면 핑계가 아닐지도 모른다.

'멀었다'에게는 이런 말들이 모두 진실일지 모른다. 자기가 싫으면 모든 게 싫은 방향에서만 보이는 법이니까.

이건 '멀었다'뿐만 이 아니다. 사람들이 다 그런 경향이 있는 것이다.

나는 수상스포츠보다 사진 찍는 것이 더 좋다.

그러니 앞에 있는 섬에 가보고 싶은 건 당연하다.

섬에 갈 다른 사람들을 찾으니 너도 나도 전부 간다고 따라 나선다.

'멀었다'는 30분 안에 돌아와야 한다고 강조한다.

배를 타고 섬으로 건너가 원주민들이 살고 있는 마을로 향한다.

시간이 없다고 하니 많이 둘러 볼 수는 없다.

그럴듯한 집 앞에서 사진을 찍는데, 주인이 와서 여기는 장사하는 집이라 한다. '팔아달라'는 완곡한 표현이다.

우리가 이를 못 알아들을 바보들은 아니다.

바로 K 교수 등이 맥주를 시킨다. 한 잔씩 마시고 좋은 경치를 구경하니 참 좋다.

이 섬에도 집집마다 사당이 있고, 우리의 솟대와 흡사한, 대나무로 만든 벤조르가 세워져 있다.

렘봉간 섬에서 나와 베노아 항구로 돌아오면서 보니 패러슈팅을 하는 모습 등 너무나 평화로운 광경이다.

누사 두아의 베노아 항구

20. 신장들이 치마를 입고 있는 이유는?

2011년 7월 8일(금요일)

4시에 출발하여 마사지 받으러 간다고 한다.

2시간에 35불인데 30불로 깎았다고 생색을 내면서 '멀었다'는 마사지 받을 사람을 모집한다.

거의 대부분의 사람들이 마사지를 받겠다고 손을 든다. 내일 여행에 포함된 마사지도 있는데……. 참으로 마사지 좋아하는 분들이다.

많은 사람들이 간다고 하니 가는 수밖에 없겠지만. 안 가는 사람들은 뭐하나?

나를 비롯하여 몇 명이 남았다.

그러나 그대로 기다릴 수는 없는 일이다. 빨리 호텔에 가서 몸을 씻고 저녁을 먹었으면 좋겠으나, 마사지 때문에 마사지 하는 곳에서 기다려야 하는 처량한 신세가 되어버렸다.

원래 스케줄대로 하고, 저녁 먹은 후 마사지를 받을 사람만 별도로 데리고 가면 될 것을…….

'멀었다'에게 호텔로 데려다 달라 했더니, 잠시 후에 차가 올 거라 한다.

큰 차를 움직이기는 좀 그래서 작은 봉고를 한 대 불렀다는 것이다.

잠시 후 차가 왔는데 호텔엔 안 간다 한다. 덴파사르 박물관으로 갈 거라 한다.

알고 보니 저녁 먹는 지역이 이 근방이어서 호텔까지 갔다 올 수 없다는 거였다.

몸은 꿉꿉하고 샤워를 했으면 좋겠으나, 박물관 구경도 괜찮다 싶어 전부 그러자면서 작은 차에 올라탔다.

타고 나서 생각하니 박물관도 5시가 넘어 문 닫을 때가 지났을 텐데 싶어 "박물관 문 열어 놓았는가?" 물어보니 4시 반에 문을 닫는단다.

그러면서 박물관 바깥만 보고 올 거라는 거였다.

내~ 참! 아무리 수박 겉핥기 여행이라지만…….

그래도 마사지 하는 곳에서 우두커니 기다리는 것보다는 낫지 않겠는가?

충혼탑

덴파사르 시내는 퇴근 시간이라 그런지 엄청 붐빈다.

박물관은 덴파사르 시청 앞 넓은 공터 건너편에 위치해 있는데, 큰 충혼탑이 세워져 있고 그 안에 박물관이 있다고 한다.

박물관 문은 닫았으나 그 앞은 공원처럼 꾸며져

박물관 앞치마를 입은 신장들

있어 이곳에서 시간을 때울 수밖에 없다.

박물관 앞을 지키는 것은 돌로 된 석상들인데, 모두 치마를 입혀 놓았다.

"추워서 입혔나?"

물으니 가이드는 그렇다면서 허허 웃는다.

이곳 날씨에 추워서 입힌 것은 아닐 게고, 신전에 들어갈 때나 왕궁에 들어갈 때, 짧은 바지를 못 입게 하고 치마를 두르게 하는 것으로 볼 때, 신성한 곳이라는 의미일 게다.

다시 마사지 하는 곳으로 가서 6시 반 바다가재를 먹으러 간다.

짐브란 씨푸드라는데 짐브란이 무슨 말인지는 모르겠으나, 개개인에게 맥주 한 병과 구운 바다가재와 조개 등이 담긴 접시 하나씩을 안긴다.

20. 신장들이 치마를 입고 있는 이유는?

음식은 푸짐하고 맛은 최고다.

마사지만 아니었다면 좀 일찍 와서 바닷가 해넘이 광경을 보는 것도 좋았을 텐데…….

어찌되었든 음식이 풍부하고 맛있으니 모두 신이 났다.

나중에 얼마인가 물어보니 일인당 70~80달러란다. 우리 돈으로 8만 원 가량 되니 이곳 물가를 생각한다면 비싸도 비싸도 엄청 비싼 셈이다.

'멀었다'에 따르면, 한국 가이드를 하기 위해서 한글을 배우는 데 한 달 수강료가 80달러이고, 마사지 걸의 한 달 수입이 80달러라 하니, 우리가 얼마나 비싼 저녁을 먹었는지 알 수 있겠다.

너무 부자 흉내를 낸 것 같긴 하나, 이곳에 와서 가장 잘 먹은 것 같긴 하다.

박물관 앞의 꽃

난초

어쩌면 80달러까지는 아니고 그 반값쯤 될지도 모른다. 가이드가 생색을 내느라고 거짓말을 했을지도 모른다.

아마 그럴 것이다. 마사지사 월급이 80달러라는데, 아까 마사지 2시간에 30달러라한 것을 보면, 분명 거짓말임에 틀림없을 것이다.

그렇지만 40달러짜리 저녁이라고 하더라도, 이곳 물가를 생각하면 어마어마하게 비싼 저녁을 먹은 것이다.

비싸게 먹은 만큼 그 값을 해야 하는데…….

구다-레기안 고속도로를 달려 10시에 호텔에 도착한다.

20. 신장들이 치마를 입고 있는 이유는?

21. 제 자리 찾기

2011년 7월 8일(금요일)

호텔 도착 후, 식당에 모여 맥주를 한 잔씩 마신다.

아마도 D출판사 L사장이 내는 것 같다.

나보다 나이 많은 교수는 S대학의 K교수와 K대학의 K교수뿐이다.

대학 학번으로는 S대학의 K교수가 66학번으로 가장 빠르지만, 학회에 나온 지는 얼마 안 되고, 대학원 학번으로는 내가 제일 선배다.

후배들은 학회에서 활동량이 많고 잘 알려진, 그리고 언제나 말을 길게 하는 것으로 이름난 P대학의 K교수를 가장 선배로 알고 있는 모양이다(66학번 K교수는 불참했다).

발리의 멜리아 베노아 호텔

술자리에선 언제나 건배사가 따르기 마련인데, 학회장인 C교수의 건배사가 있은 다음에, "제일 고참이고 선배이신 P대학의 K교수님 건배 제의해 주세요."라고 한다.

K교수는 장황하게 덕담을 건네며, 아니나 다를까 길고도 긴 건배사를 한다.

K교수는 이번에도 역시 우리의 기대를 결코 저버리지 않는다. 아이구, 지루혀!

그렇지만 인고의 시간도 결국은 흐른다.

그저 귓등으로 흘리며 참을 수밖에 없다. 참는 자에게 복이 있나니…….

그러더니 이번엔 K대의 K교수에게 건배사가 돌아간다.

그 다음에 나를 지명한다.

두 K교수는 나하고 친하건만, 조금도 나에 대한 언급이 없어 한편 섭섭하다. 꼭 선배 대우를 받고자 그러는 것이라기보다는 괜히 속이 상한다.

그래서 나는 분연히 일어섰다.

그리고 수루에 홀로 앉은 이순신 장군처럼 비장하게 말한다.

"이런 건배사는 자꾸 안 시키는 것이 좋아요. 나중에 하는 사람은 할 말이 없어서 곤란하거든요. 그렇지만 나로서는 한 마디 하지 않을 수 없군요. 바로 잡을 것이 있어서요. 내가 선배 노릇을 제대로 하지 않아 여러분들이 오해를 하고 있는 모양인데 내가 제일 고참이여요. 여러분들은 (P대학의) K교수를 제일 선배로 생각하는 모양인데, 내가 K교수보다 1년 위입니다. 서울행정학회에 종신회원이 된 것도 학회 초창기 일이구요.

이것만큼은 좀 분명히 알아주었으면 합니다."

K교수가 "내가 최고 고참이 아니고, S교수가 저보다 1년 선배입니다. S교수님 건배사부터 들어 보는 것이 순서 아니겠습니까?" 하면서 나에게 자릴 양보하였다면 좀 좋은가?

그렇지만 그런 건 기대 안 하는 것이 좋다.

세상사가 그런 것 아니겠는가?

멜리아 베노아 호텔의 기네샤

대접을 받다보면 자신도 모르게 우쭐해져서 그럴 수도 있는 거고. 별 신경 쓰지 않고 그냥 넘어갈 수도 있는 거다.

그 누구도 별로 탓하고 싶지는 않다.

그렇다고 혼자 기분 나빠 하며 앉아 있을 이유는 없는 것 아닌가?

남이 알려주면

멜리아 베노아 호텔의 해변

좋겠으나, 그렇지 않은 상황이라면 스스로라도 나서서 이야기 해야지 괜히 기분만 상해 있으면 그건 정말 미련한 짓이다.

그러자 총무 이사 등 모두가 미안한지 "정말이에요? 농담 아닙니까?" "너무 젊어 보여 오해를 했습니다." 등등 듣기 좋게 둘러댄다.

그렇다면 K교수가 더 늙어 보인다는 이야기인가?

이런 말은 K교수가 들으면 그 또한 섭한 말일 것이다.

어찌되었든 후배들이 모르고 한 짓이니 뭐라 할 수는 없으나, 다시 한 번 못 박는다.

"내가 젊어 보이기는 합니다. 그렇지만 이제부터는 확실히 알아 두셔야 합니다. 알겠죠?"

나도 속물인가 보다.

평소에는 계급이나 나이를 따지지 않고 지내나 이런 때는 왜 그런 것들을 따지는가?

그렇지만 사석과 공석은 다르다는 것이 내 생각이다.

공식적인 자리에서만큼은 분명히 제 자리를 찾아야 한다.

제 자리를 찾지 못하면 그것은 불행한 것이다.

예우를 받지 못하는 것이 불행한 것이 아니라, 그것 때문에 기분이 나

빠지는 것이 문제인 것이다.

이것은 단지 선후배의 문제가 아니다. 직업이나 지위 역시 마찬가지이다.

자신의 적성이나 능력에 맞는 직업을 가지고, 자신의 나이나 능력에 맞는 위치에 있어야 행복한 것이다.

능력도 지식도 있는데 그것을 발휘하지 못하는 자리에 있으면 그것은 그 개인에게나 남에게나 모두 불행한 일이다.

그렇지만 자기 자리를 제대로 찾아가는 것, 그것은 남이 해줄 수 있는 일이 아니다.

시쳇말로 '쪽 팔리더라도' 스스로 해야 하는 것이다.

사람은 모름지기 언제나 자기 자리에 있어야 좋은 것이다.

멜리아 베노아 호텔의 바닷가

세상이 변하고 자신이 변하고, 그렇게 변화하는 가운데 제 자리를 찾아가기는 그렇게 쉬운 일이 아니다.

어쩌면 인생이란 평생을 제 자리 찾기에 허비하는 것인지도 모른다.

그 과정에서 갈등을 겪고, 그러면서 자신의 역량을 키워가며 자리에 맞는 인물로 성장해나가는 것일지도 모른다.

반대로 자신을 죽여 가며 자리에 맞는 인물로 후퇴해 나가는 것인지도 모른다.

그래서 자신이 차지할 자리는 자신의 역량보다 조금 위이어야 하는 것이다.

22. 새벽에 P도사처럼 기를 받아볼 걸 그랬나?

2011년 7월 9일(토요일)

오늘 오전은 자유시간이다.

아침 식사 후 바닷가를 산책한다.

호텔 옆에 바닷가가 있는 줄은 몰랐다.

어젯밤 과음을 한 탓인지 식당에서 별로 먹고 싶은 게 없다.

11시 30분에 체크아웃을 한 다음, 식당에 가서 점심을 먹고 울루와뜨 절벽 사원을 보러 갈 것이니 먹기 싫은 아침을 많이 먹을 필요는 없으리라.

식당에서 못 저쪽을 보니 바닷가이다.

멜리아 베노아 호텔 식당

멜리아 베노아 호텔 바닷가

날씨는 엄청 무덥다.

시리얼에 유유를 타서 들이키곤 아침 식사를 끝냈다. 그리고는 객실로 들어와 사진기를 들고 바닷가를 산책한다.

바닷가 해변이 있으나 그렇게 크지 않다.

저쪽 바닷가 끝자락에는 정자가 하나 있는데, 그 안에서 D대학의 P교수가 도사처럼 기를 받고 있다.

발리의 기를 다 채가면 발리 사람들은 어쩌누? 은근히 걱정이 된다.

그렇지만 걱정할 필요는 없다.

발리는 워낙 기가 센 곳이니까.

어찌 아느냐고?

발리는 알려진 바와 같이 '신들의 나라'이기 때문이다. 기가 세니 신들이 모여 있는 것 아닌가!

이쪽 바다에서는 카누를 타기도 하고, 서핑을 하기 위해 보드를 들고 뛰는 광경이 보인다.

그렇지만 18년 전 어느 호텔인지 그 이름은 기억나지 않으나, 그 호텔만큼 흥취가 나지는 않는다. 호텔 터가 길어서인지 아침에 깨어 식당엘 가려면 한 6-700 미터를 열대 꽃 사이로 걸으며 한없이 즐거워했던 기억이 난다.

바닷가 한편으로는 돌로 쌓은 방파제가 있고 조그마한 게들이 우글거린다.

그러나 다가가면 조그만 게들이 어떻게 아는지 바위틈으로 숨어버린다.

P 도사(?)가 기를 받고 있다. 뒤는 멜리아 베노아 호텔

게들과의 숨바꼭질도 실증이 나 다시 객실로 돌아와 침대에 누워 빈둥거린다.

나이가 들면 몸이 문제다.

옛날 같으면 침대에서 뒹굴거릴 리가 없을 것이다. 그만큼 에너지가 고갈된 것인가! 뒹굴거리는 것이 이렇게 좋으니…….

새벽에 P도사처럼 기를 받아볼 걸 그랬나?

23. 원숭이 조심

2011년 7월 9일(토요일)

11시 30분에 체크아웃하고 12시에 출발하는데, '멀었다' 이야기로는 울루와뜨 절벽 사원을 보러 간다는 것이다. 점심 이야기는 안 한다.

울루와뜨는 남쪽 사원이라는 뜻이란다.

울루와뜨 사원

74미터의 남쪽 절벽 위에 세운 사원인데, 발리 사진에 잘 등장하는 바로 그 사원이다.

황혼 속에서 절벽 위에 검은 실루엣으로 나타나는 사원이 바로 그 사진이다.

오후 1시가 넘어서 절벽 사원에 도착한다.

사원에 들어가려면 치마를 입거나, 긴 바지를 입은 사람은 허리에

울루와뜨 절벽 사원

울루와뜨 절벽 사원 입구

23. 원숭이 조심

울루와뜨: 나무 위 원숭이

띠를 매야 하다.

나무 위에는 원숭이들이 보인다.

이곳에선 원숭이를 조심해야 한다.

요놈들은 모자나 안경, 목걸이 등을 강탈해가는 데 전문적인 솜씨를 보이는 놈들이니 말이다.

절벽 쪽으로 난 길을 가보니 바닷가 절벽의 경치가 좋기는 한데, 최고의 경관은 아니다.

왼쪽으로 사원이 보인다.

발리 특유의 서너 겹 초가지붕을 머리에 인 사원이 절벽에 붙어 있다.

물론 입구는 돌로 싼 담장에 둘러쳐져 있고 돌을 쌓아 만든 문도 있고 그곳을 지키는 코끼리 신 가네샤 석상도 있다.

울루와뜨 사원 안 풍경

오늘은 담장 안으로 못 들어 간다고 한다.

안에서는 의식이 진행 중이어서 그런 모양이다.

무슨 의식인지는 모르겠으나, 사람들이 흰 옷을 입고, 단장을 하고 공양거리를 바구니에 들고 모여 있다.

노란 옷을 입은 어떤 여인이 앉아 있는 사람들에게 세례하듯이 물을 뿌려주는 것 같다.

앉아 있는 사람들은 두 손을 벌리고 있기도 하고 기도하듯 합장하고 있기도 하고…….

24. 여행엔 비상식량이 필요하다.

2011년 7월 9일(토요일)

사원 안 저쪽 정자에는 식탁 같은 것이 놓여 있는데, 원숭이 몇 마리가 한가롭게 이를 잡고 있다.

아마도 식사 시간인 모양이다.

그곳을 나오는데 2시가 지났다.

아침도 많이 안 먹었는데 '멀었다'는 식당에 갈 생각을 안 한다.

'멀었다'에게 묻는다.

"너 금강산도 식후경이라는 말을 아냐?"

"모르는 데요."

울루와뜨의 주인, 원숭이

모른다고 딱 잡아뗀다.

현직 변호사인데다가 한국말에 능숙한 이 녀석이 모를 리가 없다.

오는 내내 버스 안에서 이야기하는 가운데, 소에게 여물을 주느니, 간조 때 만조 때 등 요새 대학생들도 잘 쓰지 않아 모르는 낱말들을 쉽게 쉽게 이야기하던 녀석의 우리말 실력을 볼 때 아마도 시치미 떼고 있는 것일 게다.

게다가 오리지널 가리지널 하며, 사람들을 웃기던 녀석이 금강산을 모를 리가 있겠는가?

"'먹는 게 먼저고, 구경은 나중'이라는 한국 속담이다. 너 정말 모르냐?"

"몰라요"

"그럼 밥은 언제 먹냐?"

"여기서 한 시간 정도 가야 돼요."

"아이구~. 이 녀석아. 밥을 먹고 구경을 해야지."

"식당 멀어요. 왔다 갔다 하면 안 돼요."

'멀었다' 말로는 식당이 호텔보다 저 북쪽에 있어 여길 보고 식사를 하러 가야 한다는 것이다.

그것은 여행사 입장이고, 좀 더 손님 편에서 생각해야 하지 않을까?

정 사정이 그렇다면, 아침을 좀 늦게 든든히 드시라고 미리 이야기해 주어야 하지 않나! 아님, 호텔에서 아침 일찍 나오면 될 텐데, 왜 11시 반이 넘어서야 체크아웃을 하라고 하였는지, 그 이유가 아리송하다.

이 많은 사람들 배를 곯리다니! 괘씸한 녀석. 팁 주고 싶은 마음이 싹 달아난다.

24. 여행엔 비상식량이 필요하다.

3시나 되어서야 먹을 수 있을라나? 이런 경우를 대비하여 비상식량을 들고 다녀야 하는 건데…….

조금만 방심하면, 어느 틈엔가 마가 끼어들어 사람을 괴롭힌다.

애고, 배고파!

식당으로 가는 길은 참으로 멀고도 험하다.

건너편 차선은 텅 비어 있는데, 하필 왜 우리 차선은 이렇게 복잡하기만 한 건지…….

맨 뒷자리에 앉아 뒤를 보니 그 복잡한 중에서도 탱크 부대가 옆으로 지나간다.

나는 다리가 길어서 맨 앞에 앉든지 아니면 맨 뒷좌석 가운데에 앉는 것이 편하다.

발리 시내

웬 전차부대?

앞 전망, 뒷 전망도 좋고, 지나가는 전차도 자세히 볼 수 있다.

'쿠데타가 일어났나? 웬 전차가 지나가나?"

나중에 알고 보니 쿠데타는 아니었다.

무언지는 모르겠고. 그냥 지 일보려고 지가 지나 간 것일 게다.

그렇지만 이런 생각이라도 해야지 배가 덜 고픈 법이다.

드디어 대장금에 도착했다.

메뉴는 샤브샤브다.

24. 여행엔 비상식량이 필요하다.

25. 정말 다람쥐 똥 맛을 느끼는지 그것이 알고 싶다.

2011년 7월 9일(토요일)

식당에서 나와 한국 사람이 운영하는 커피 가게에 들른다.

커피 가운데, 다람쥐인지 고양이인지가 커피를 먹고 싼 똥에서 골라낸 커피 알갱이를 가지고 만든 커피가 서울 신라 호텔에서는 한 잔에 15만 원이라나 뭐라나…….

그런데 그것을 여기에서는 XX잔이 나오는 조그만 봉지가 X만 원이라고.

다람쥐 똥 속의 커피를 15만원씩이나 주고 즐기는 사람은 내가 볼 때 정말 웃기는 사람이다.

발리의 거리 풍경

'나는 공짜로 줘도 안 먹겠다.'고 속으로 생각한다.

한국 사람은 정말 '~체'하기를 좋아한다. 특히 돈 있는 체…….

그걸 먹는 사람들은 정말 맛을 알고 먹는 것인가?

정말로 다람쥐 똥 맛을 느끼며 먹는가 아니면 못 느끼고 먹는가? 나는 그것이 궁금하다.

똥 맛을 느끼고 그것을 천천히 음미하면서 먹는다면야 15만 원이 아니라 15억 원을 준다한들 뭐라 할 말이 없겠지만…….

정말 맛이 있을까?

한참 골똘히 생각해도 답이 나오지 않는다. 먹어보지 않았기 때문이다.

발리 민가의 사당

25. 정말 다람쥐 똥 맛을 느끼는지 그것이 알고 싶다.

발리 민가의 사당

어쨌든 나는 그런 사람이 싫다.

커피 파는 집에서 나와 이제는 폴로 가게로 간다.

폴로 가게에서 또 한 시간 이상을 보낸다.

폴로라고만 쓰여 있는 상표는 가짜고, 폴로라는 말 이외에 0000라 쓰여 있어야 진짜란다.

진짜든 가짜든 입어서 편하고 땀 흡수 잘하고 멋있게 보이면 되는 것이지, 진짜 가짜가 무슨 필요가 있는가?

꼭 명품이어야 하는가?

값이 싸고, 입어서 이쁘고, 더울 때 시원하고 추울 때 따뜻하면 그것이 좋은 옷이지, 상표가 무슨 문제인가?

진짜 상표가 붙어 있다고 값만 비싸다면, 그거야말로 사기 아닌가!

발리: 꽃

사기가 아니라고 강변할지 모르지만, 골빈 사람들이나 ~체하는 사람들이 사 입으면 될 일이지, 우리 같은 지성인이 이런 데 넘어가면 안 되는 거다.

문제는 여자들이다. 특히 여자들이 명품을 찾는다. 품질이 정말 좋아 그런다면야 누가 뭐라나.

그렇지만 대부분 그것은 허영심을 교묘히 포장한 말일뿐이다.

단지 여자들의 허영심을 만족시켜주는 값으로 그 어마어마한 차이를 감당해야 하는 남자들이 참으로 불쌍하다.

J교수는 사랑하는 막내딸이 진짜 폴로 하나를 꼭 사 오랬다고 하면서, 폴로를 고른다. 연분홍색 폴로인데, 80달러인가 주고 산다.

이곳 돈의 가치로 본다면 어마어마한 금액이다. 한국에서도 그 정도 한다고 한다.

그런데 이 집은 정말 나쁘다. 바가지 씌우는 집이다.

커피집도, 폴로집도 여행사에서 알선해 준 집들은 대부분 바가지 가게다.

25. 정말 다람쥐 똥 맛을 느끼는지 그것이 알고 싶다.

발리에서 한국 행 비행기를 타기 직전 면세점에서 이것저것 구경을 하며 보니 똑같은 연분홍색 폴로가 40불인가 50불 하는 것을 보았기 때문이다.

물론 시간적으로 나중에 본 것이지만. 이번 여행에서 바가지 안 씌우는 정직한 가게에 들른 것은 조그자에서 가이드인 마데가 안내해 준 바틱 집뿐이다.

장사를 이렇게 해서는 안 되는 것인데…….

"장사란 너도 좋고 나도 좋아야 장사지, 너는 손해를 보고 나는 이익을 보는 것은 장사가 아니다."라는 외우(畏友) 대영 선생의 말이 생각난다.

여하튼 여행사 가이드가 안내하는 집은 일단 요주의 대상이다.

발리: 신상

'멀었다' 이야기로는 이곳에선 5년마다 선거를 한다고 한다.

인도네시아에는 선거를 통해 선출되는 시장이 20명, 군수가 500명이고, 이장도 직접 선거로 뽑는다 한다. 물론 이장은 수도 없이 많다.

정당은 40개 정도 되는데, 선출직에 나서는 후보자들은 모두 정당에 가입하여 입후보한다고 한다.

이곳 사람들은 보통 매장을 하는데, 매장 후 4-5년 이 지나면 다시 화장을 한다고 한다.

그렇지만 부자는 죽은 후에 바로 화장을 한다고 한다. 그 이유는 잘 모르겠다.

가난한 사람은 화장할 돈이 없으니 죽은 다음 매장을 한 후, 열심히 돈을 벌어 화장을 하기 때문일까?

25. 정말 다람쥐 똥 맛을 느끼는지 그것이 알고 싶다.

26. 발리의 솟대, 벤조르

2011년 7월 9일(토요일)

모두 폴로 매장에서 본 것을 또 보고, 또 보고, 또 보며 시간을 보내는 가운데--그러니까 물건을 하나라도 더 사게 되는 효과는 있는 거 같다--나는 얼른 빠져 나온다.

자동차로 붐비는 복잡하고 위험한 길을 목숨을 걸고 건너가 민가 골목으로 들어서며 집집마다 모셔 놓은 사당을 담 너머로 구경한다.

사진기를 디밀어 찍기도 한다. 내 시간의 흔적을 남겨 놓는 것이다.

동네의 토종닭들이, 우리 닭과는 생김새가 다른, 못생긴 삐쩍 마른 하얗거나 까만 닭들이 길손을 피해 달아난다.

발리의 마을 사원

발리의 닭

이런 걸 보니 정말 우리나라 닭들은 잘 생겼다는 걸 느낀다. 씨암탉도 그렇고 장닭도 그렇고, 얼마나 포동포동하니 귀엽고, 얼마나 늠름하게 잘 생겼는가!

역시 밖에 나와야 우리 것 귀한 줄 안다.

한편 못된 개들이 나그네를 보고 짖어댄다.

허긴 저놈들이 사람을 알아볼까?

알아볼 수 있는 식견이 있다면, 저렇게 개의 꼴을 하고 살고 있겠나. 낯선 개에게 대접을 받으려고 기대를 하는 게 잘못이다.

민가 구경에 개인 사원 구경에 골목을 기웃거리다가 이제는 나와 길을 따라 걷는다.

아직도 1시간을 보내려면 멀었다.

다시 길을 건너 커다란 마을 사원으로 간다.

'멀었다' 이야기로는 발리에 사원이 많으며, 가족 사원, 마을 사원, 나라 사원으로 나눌 수 있다 한다.

26. 발리의 솟대, 벤조르

발리의 마을 사원

발리의 민가 사원

이 사원은 개인 집안에 있는 것이 아니니 분명 가족 사원은 아닐 것이다. 볼만한 사원이긴 한데, 문이 닫혀 있다.

신들의 나라답게 발리에는 사원들이 많고, 또한 볼만한 구경거리인데, 관광 코스에 울루와뜨 절벽 사원 하나만 그냥 맛보기로 집어넣고, 계속 커피 가게, 옷 가게, 마사지 가게만 들린다.

발리의 사원들은 우선 건물만 관상하여도 훌륭하고, 그곳 사람들이 공양하는 것도 재미있고, 때로는 공연도 하고 볼거리가 많은데 말이다.

또한 집집마다 대나무를 깎아서 만든 일종의 솟대가 이곳저곳에서 보인다.

물어보니 '벤조르'라 한다는데, 우리의 추석과 비슷한 갈룽안 축제 기간 동안에 풍요로운 수확과 생명의 번영을 가져다 준 힌두신에게 감사드

민가 앞에 '벤조르'를 장식해 주는 닭

26. 발리의 솟대, 벤조르

벤조르

벤조르

리고 행복을 기원하기 위해 만드는 것이라 한다.

벤조르는 집집마다 그 형태가 조금씩 다르다.

어떤 것들은 닭을 표현해 놓기도 하고, 색색으로 물들인 대나무 조각과 야자 잎을 사용하기도 한다.

어찌되었든, 벤조르를 만들 때는 의식주 세 가지 의미를 담아야 한다는데, 대나무는 집을, 야자 이파리는 옷을, 벼는 양식을 뜻한다고 한다.

27. 때리기, 꺾기, 찌르기, 그리고 문지르기

2011년 7월 9일(토요일)

발리에는 물이 부족하다.

그래서 물이 쌀보다 훨씬 비싸다.

생수 한 병에 1달러인데, 보통 쌀 1kg도 1달러 정도이다(제일 좋은 쌀은 1kg에 13,000루피, 곧 1.5달러 정도라 한다).

물이 부족하나 날씨는 덥고, 그래서 부자들은 하루 두 번 목욕을 하고, 가난한 사람들은 한 달에 한 번 목욕을 하는 곳이 이곳이다.

진짜 부자들은 수돗물로 목욕을 하지만 가난한 사람들은 계곡의 흙탕물로 목욕을 한다. 발가벗고.

이건 사실이다.

18년 전 이곳에 왔을 때 버스 타고 가다 저 낭떠러지 밑의 흙탕물에서 발가벗고 목욕하는 것을 본 적이 있다.

이번에도 그런 것을 볼 수 있을까 했는데, 이번 여행은 완전 '꽝'이다.

이것저것 구경하다 되돌아 왔는데, 아직도 쇼핑이 안 끝났다.

아~, 혼자 다니면 돈이 많이 들고 고생은 하지만, 단체 관광은 이것이 문제로다.

여행을 하다보면 쇼핑에 중독된 사람들이 더러는 있다. 그들에게는 쇼핑도 좋은 관광거리이겠지만 나는 싫다.

어찌되었든 나로서는 유익한 시간을 보냈다.

폴로 가게에서 바가지를 쓴 우리 일행은 이제 마사지 가게로 간다.

이건 여비에 포함된 것이기에 마사지를 싫어하는 나도 어쩔 수 없이

발리의 사당 짓는 곳

따라 들어간다.

난 성질이 깔끔해서 얼굴에 로션 바르는 것도 싫어한다. 끈적거리는 것이 피부에 닿는 것을 원체 싫어하는 것이다.

언젠가 중국인가 태국에서 마사지를 하는데, 기름을 바르고 주물린 경험을 한 후, 마사지는 돈 주고도 별로 내키지 않아 한다.

키도 크고 예쁜 아가씨가 나를 잡아끈다.

천으로 된 장막이 처진 큰 방에서 단체로 마사지를 받는데, 우선 끈적거리는 액체를 바르지 않고 경락을 주물러주는 것이 마음에 든다.

한쪽에서 주무르다가 합장을 한 손으로 '따닥 따닥'하며 안마를 하면 일제 다른 사람들도 따라서 '따닥 따닥' 화음을 맞추어 합창을 하는 듯하다.

두 시간 동안 때리기, 꺾기, 찌르기, 문지르기 등등 다양한 기법을 동원하여 땀을 뻘뻘 흘리며 일을 한다.

참 열심이다 싶다.

팁을 2달러 정도 주라고 '멀었다'가 말했으나 3달러를 쥐어준다.

그들에게 1달러가 매우 큰돈이겠지만, 내가 받은 혜택에 비한다면 아깝지 않은 것이다.

너무 고마워하는 것을 보니 마음이 기쁘다.

마음은 전염되는 것!

내가 기뻐하면 주변 사람들도 기뻐지고, 내가 슬퍼하면 다른 사람들도 슬퍼진다. 즐겁고 기쁜 얼굴은 그 어느 보시보다 낫다. 반대로 내가 괴로워하면 그처럼 죄를 짓는 것도 없다.

다른 분들 이야기로는 어제 30달러 주고받은 마사지보다 훨씬 잘한다

조그자카르타 공항

는 평이다.

저녁 8시 반이 넘어서야 다시 대장금으로 가 이번엔 삼겹살을 먹는다. 소주와 함께 즐거운 마음으로.

그리고는 웅우라라이 발리 공항으로 간다.

벌써 10시 반이다.

수속을 밟아 짐을 부치고 공항 안으로 들어가니 11시가 지났다.

그렇지만 비행기 이륙은 새벽 0시 30분이다. 아직도 1시간 이상 남아 있는 것이다.

이곳저곳 면세점을 구경한다.

바틱 가게, 기념품 가게, 옷가게 등등. 특별히 살 것은 없고, 폴로 가게에서 K교수가 오늘 낮에 바가지 쓴 것만 확인한다.

0시 30분 비행기는 이륙하여 인천으로 간다. 우리는 먹고 자면서 인천으로 간다.

드디어 조국이다.

〈끝〉

〈참고〉

인도네시아: 세계에서 동서로 제일 긴 나라.서쪽 수마트라에서 동쪽 이리안 자야까지 5,100km. 남북으로는 1,900km. 수마트라, 자바, 킬리만탄, 슬라웨시, 이리안 자야 등 5개의 큰 섬과 6,000여 개의 사람들이 살고 있는 작은 섬들을 포함하여 13,700여 개의 섬들(썰물 때는 18,000여 개의 섬이 나타난다고 한다)로 이루어진 나라. 항공이 발달.

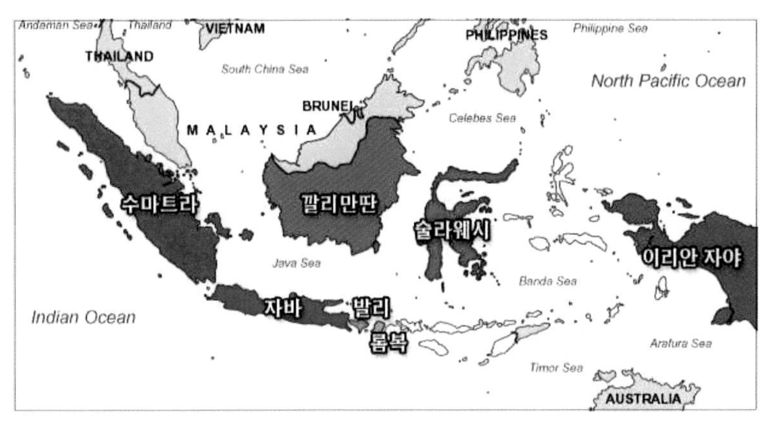

인도네시아 지도

책 소개

* 여기 소개하는 책들은 **주문형 도서(pod: publish on demand)** 이므로 시중 서점에는 없습니다. 교보문고나 부크크에 인터넷으로 주문하시면 4-5일 걸려 배송됩니다.

http//www.kyobobook.co.kr/ 참조.

http://www.bookk.co.kr/ 참조.

여행기(칼라판)

〈일본 여행기 1: 대마도 규슈〉 별 거 없다데스! 부크크. 2020. 국판 칼라 202쪽. 14,600원 / 전자책 2,000원.

〈일본 여행기 2: 고베 교토 나라 오사카〉 별 거 있다데스! 부크크. 2020. 국판 칼라 180쪽 / 전자책 2,000원.

〈타이완 일주기 1: 타이베이 타이중 아리산 타이난 가오슝〉 자연이 만든 보물 1. 부크크. 2020. 국판 칼라 208쪽. 14,900원 / 전자책 2,000원.

〈타이완 일주기 2: 헝춘 컨딩 타이동 화롄 지룽 타이베이〉 자연이 만든 보물 2. 부크크. 2020. 국판 칼라 166쪽. 13,200원 / 전자책 1,500원.

〈중국 여행기 1: 북경, 장가계, 상해, 항주〉 크다고 기죽어? 부크크. 2023. 국판 칼라 230쪽. 16,000원 / 전자책 2,000원.

〈중국 여행기 2: 계림, 서안, 화산, 황산, 항주〉 신선이 살던 곳. 부크크. 2023. 국판 칼라 308쪽. 25,700원 / 전자책 2,000원.

〈태국 여행기: 푸켓, 치앙마이, 치앙라이〉 깨달음은 상투의 길이에 비례한다. 부크크. 2023. 국판 칼라 232쪽. 16,100원 / 전자책 2,000원.

〈동남아시아 여행기: 태국 말레이시아〉 우좌! 우좌! 부크크. 2019. 국판 칼라 234쪽. 16,200원 / 전자책 2,000원.

〈동남아 여행기 1: 미얀마〉 벗으라면 벗겠어요. 부크크. 2023. 국판 칼라 320쪽. 26,900원 / 전자책 2,000원.

〈동남아 여행기 2: 태국〉 이러다 성불하겠다. 부크크. 2023. 국판 칼라 228쪽. 15,900원 / 전자책 2,000원.

〈동남아 여행기 3: 라오스, 싱가포르, 조호바루〉 도가니와 족발. 부크크. 2023. 국판 칼라 쪽. 262쪽. 19,200원 / 전자책 2,000원.

〈동남아 여행기 4: 베트남, 캄보디아〉 세상에 이런 곳이!: 하롱베이와 앙코르 와트. 부크크. 2023. 국판 칼라 338쪽. 28,700원 / 전자책 3,000원

〈인도네시아 기행〉 신(神)들의 나라. 부크크. 2019. 국판 칼라 134쪽. 12,100원 / 전자책 2,000원.

〈중앙아시아 여행기 1: 카자흐스탄, 키르기스스탄〉 천산이 품은 그림 1. 부크크. 2020. 국판 칼라 182쪽. 13,800원 / 전자책 2,000원.

〈중앙아시아 여행기 2: 카자흐스탄, 키르기스스탄〉 천산이 품은 그림 2. 부크크. 2020. 국판 칼라 180쪽. 13,700원 / 전자책 2,000원.

〈조지아, 아르메니아 여행기 1〉 코카사스의 보물을 찾아 1. 부크크. 2020. 국판 칼라 쪽. 184쪽. 13,900원 / 전자책 2,000원.

〈조지아, 아르메니아 여행기 2〉 코카사스의 보물을 찾아 2. 부크크. 2020. 국판 칼라 쪽. 182쪽. 13,800원 / 전자책 2,000원.

〈조지아, 아르메니아 여행기 3〉 코카사스의 보물을 찾아 3. 부크크. 2020. 국판 칼라 쪽. 192쪽. 14,200원 / 전자책 2,000원.

〈터키 여행기 1: 이스탄불 편〉 허망을 일깨우고. 부크크. 2021. 국판 칼라 250쪽. 17,000원 / 전자책 2,500원.

〈터키 여행기 2: 아나톨리아 반도〉 잊혀버린 세월을 찾아서. 부크크. 2021. 국판 칼라 286쪽. 22,800원 / 전자책 2,500원.

〈시리아 요르단 이집트 기행〉 사막을 경험하면 낙타 코가 된다. 부크크. 2021. 국판 칼라 290쪽. 23,400원 / 전자책 2,500원.

〈마다가스카르 여행기〉 왜 거꾸로 서 있니? 부크크. 2019. 국판 칼라 276쪽. 21,300원 / 전자책 2,500원.

〈러시아 여행기 1부: 아시아〉 시베리아를 횡단하며. 부크크. 2019. 국판 칼라 296쪽. 24,300원 / 전자책 2,500원.

〈러시아 여행기 2부: 모스크바 / 쌩 빼쩨르부르그〉 문화와 예술의 향기. 부크크. 2019. 국판 칼라 264쪽. 19,500원 / 전자책 2,500원.

〈러시아 여행기 3부: 모스크바 / 모스크바 근교〉 동화 속의 아름다움을 꿈꾸며. 부크크. 2019. 국판 칼라 276쪽. 21.300원 / 전자책 2,500원.

〈유럽여행기 1: 서부 유럽 편〉 몇 개국 도셨어요? 부크크. 2020. 국판 칼라 280쪽. 21,900원 / 전자책 3,000원.

〈유럽여행기 2: 북부 유럽 편〉 지나가는 것은 무엇이든 추억이 되는 거야. 부크크. 2020. 국판 칼라 280쪽. 21,900원 / 전자책 3,000원.

〈북유럽 여행기: 스웨덴-노르웨이〉 세계에서 제일 아름다운 곳. 부크크. 2019. 국판 칼라 256쪽. 18,300원 / 전자책 2,500원.

〈유럽 여행기: 동구 겨울 여행〉 집착이 삶의 무게라고. 부크크. 2019. 국판 칼라 300쪽. 24,900원 / 전자책 3,000원.

〈포르투갈 스페인 여행기〉 이제는 고생 끝. 하느님께서 짐을 벗겨 주셨노라! 부크크. 2020. 국판 칼라 200쪽. 14,500원 / 전자책 2,500원.

〈미국 여행기 1: 샌프란시스코, 라센, 옐로우스톤, 그랜드 캐년, 데스 밸리, 하와이〉 허! 참, 이상한 나라여! 부크크. 2020. 국판 칼라 328쪽. 27,700원 / 전자책 3,000원.

〈미국 여행기 2: 캘리포니아, 네바다, 유타, 아리조나, 오레곤, 워싱턴〉 보면 볼수록 신기한 나라! 부크크. 2020. 국판 칼라 278쪽. 21,600원 / 전자책 2,500원.

〈미국 여행기 3: 미국 동부, 남부. 중부, 캐나다 오타와 주〉 그리움을 찾아서. 부크크. 2020. 국판 칼라 286쪽. 23,100원 / 전자책 2,500원.

〈멕시코 기행〉 마야를 찾아서. 부크크. 2020. 국판 칼라 298쪽. 24,600원 / 전자책 3,000원.

〈페루 기행〉 잉카를 찾아서. 부크크. 2020. 국판 칼라 250쪽. 217,00원 / 전자책 2,500원.

〈남미 여행기 1: 도미니카 콜롬비아 볼리비아 칠레〉 아름다운 여행. 부크크. 2020. 국판 칼라 266쪽. 19,800원 / 전자책 2,000원.

〈남미 여행기 2: 아르헨티나 칠레〉 파타고니아와 이과수. 부크크. 2020. 국판 칼라 270쪽. 20,400원 / 전자책 2,000원.

〈남미 여행기 3: 브라질 스페인 그리스〉 순수와 동심의 세계. 부크크. 2020. 국판 칼라 252쪽. 17,700원 / 전자책 2,000원.

우리말 관련 사전 및 에세이

〈우리 뿌리말 사전: 말과 뜻의 가지치기〉. 재개정판. 교보문고 퍼플. 2016. 국배판 양장 916쪽. 61,300원 /전자책 20,000원.

〈우리말의 뿌리를 찾아서 1〉 코리아는 호랑이의 나라. 교보문고 퍼플. 2016. 국판 240쪽. 11,400원 / e퍼플. 2019. 전자책 247쪽. 4,000원.

〈우리말의 뿌리를 찾아서 2〉 아내는 해와 같이 높은 사람. 교보문고 퍼플. 2016. 국판 234쪽. 11,100원.

〈우리말의 뿌리를 찾아서 3〉 안데스에도 가락국이……. 교보문고 퍼플. 2017. 국판 239쪽. 11,400원.

수필: 삶의 지혜 시리즈

〈삶의 지혜 1〉 근원(根源): 앎과 삶을 위한 에세이. 교보문고 퍼플. 2017. 국판 249쪽. 10,100원.

〈삶의 지혜 2〉 아름다운 세상, 추한 세상 어느 세상에 살고 싶은가요? 교보문고 퍼플. 2017. 국판 251쪽. 10,100원.

〈삶의 지혜 3〉 정치와 정책. 교보문고 퍼플. 2018. 국판 296쪽. 11,500원.

〈삶의 지혜 4〉 미국의 문화와 생활, 부크크. 2021. 국판 270쪽. 15,600원.

〈삶의 지혜 5〉 세상이 왜 이래? 부크크. 2021. 국판 248쪽. 14,000원.

〈삶의 지혜 6〉 삶의 흔적이 내는 소리, 부크크. 2021. 국판 280쪽. 16,000원.

기타

4차 산업사회와 정부의 역할. 부크크. 2020. 국판 84쪽. 8,200원 / 전자책 2,000원.

사회복지정책론. 송근원. 김태성. 나남 2008. 국판 480쪽. 16,000원.

4차 산업시대에 대비한 사회복지정책학. 교보문고 퍼플 [양장]. 2008. 42,700원.

사회과학자를 위한 아리마 시계열분석. 교보문고 퍼플 2018. 국판 300쪽. 10,100원.

회귀분석과 아리마 시계열분석. 한국학술정보. 2013. 크라운판 188쪽. 14,000원 / 전자책 8,400원.

지은이 소개

- 송근원

- 대전 출생

- 여행을 좋아하며 우리말과 우리 민속에 남다른 애정을 가지고 있음.

- e-mail: gwsong51@gmail.com

- 저서: 세계 각국의 여행기와 수필 및 전문서적이 있음.